公主傳奇

37

公主的秘密行動

馬翠蘿
麥曉帆　著

新雅文化事業有限公司
www.sunya.com.hk

人物簡介

周曉星

周曉晴的弟弟，一個風趣幽默的淘氣精，不時有天馬行空的奇怪想法。

馬小嵐

來自香港的烏莎努爾公主，聰明美麗、正直善良。敢於向困難挑戰，最喜歡說的話是「天下事難不倒馬小嵐」。

◈ 萬卡 ◈

烏莎努爾公國第十九代國王，風度翩翩、英勇果敢。是國民眼中的好君王，小嵐和曉晴曉星心目中的暖心大哥哥。

◈ 周曉晴 ◈

馬小嵐的好朋友，漂亮活潑，喜歡打扮，最常做的事是和弟弟鬥氣。

目錄

第一章
想當警務處處長的曉星

　　一抹金色的陽光，照在「皇家二號」的機翼上，在舒適的機艙裏，一片「吱吱喳喳」的聲音，好像有一大羣人在説話。

　　其實，這架正由烏莎努爾首都飛往香港的小型飛機裏，只有四個乘客。不過，因為四個人裏面有三個是活潑的少男少女，所以即使只是幾個人，也營造出了熱熱鬧鬧的氛圍。

　　這些人裏，有三個是我們的老熟人。誰呀誰呀？沒錯，就是我們這個系列故事中的快樂三人組——小嵐和曉晴、曉星。這幾天是烏莎努爾公國的公眾假日，連周六周日一起，有一星期呢，所以他們決定回香港一趟。

　　另外的那位是誰？是隸屬於香港警務處毒品調查科的一名警司，這位警司還是個女的。厲害吧！

　　女警司幾天前作為香港青年代表團的成員，到

烏莎努爾進行友好訪問，本來還有兩天才結束此行的，但香港方面有緊要事急需處理，所以她一個人提前離開。

之前，三人組在國王秘書陪同下登機時，才知道有位女警司跟他們同行，曉星當時就興奮得「噢」了一聲，拔腿就往機艙跑。沒提防被絆了一下，身子往前一衝，眼看要趴倒在地上，幸好旁邊的小嵐扶了他一下。小嵐開玩笑說：「曉星，我們知道你自小就把警察當偶像，但也不用五體投地跪拜吧！」

「才不是呢！絆了一下。」曉星說着，又急忙快步走着，「哇，我們要和一位女警司同路呢，這次航程一定不會悶。」

而事實上，不但這趟航程不會悶，連回到香港的那段日子都發生了很多意想不到的事，甚至可以用驚心動魄來形容呢！

當他們走進機艙時，裏面已經坐了一名年青女子，見到國王秘書帶來了三個孩子，便笑着站了起來。

秘書給他們互相作了介紹，原來女警司名叫黎

向明。秘書留了一小會就離開了，他只是負責把三個孩子送上飛機，接着還要回去工作。

飛機很快起飛了，平穩地飛行在五千呎高空。小嵐解下安全帶，邀請黎警司一起到休息室喝茶聊天。「皇家二號」是專供烏莎努爾王室人員出行時使用的，作為小嵐公主的好朋友兼死黨，曉晴和曉星也能享受這項權利。

飛機的內部設計跟尋常客機不一樣，除了起飛和降落時坐的機艙，還設有休息室、飯廳、醫務室、放映室、遊戲室等，據説，這遊戲室是某個叫曉星的傢伙死乞白賴要求設置的。

當下四個人在兩張面對面的沙發上坐了下來，大家都微笑着彼此打量着，交流着友好的目光。

黎警司看上去很年青，大約三十四五歲的樣子，鵝蛋臉、柳葉眉，一雙眼睛彎彎的好像總在笑。她留着一頭短髮，身上穿着便服，看上去不像個威嚴的警官，倒像個親切的鄰家姐姐。

黎警司也打量着面前三個孩子，第一個感覺就是活潑、開朗、聰明有教養。第二個感覺就是他們都長得很漂亮，小美女小帥哥，看上去特別的賞心

悦目。

　　曉星自見到黎警司後便一直眼睛放光芒，他首先開了口：「警司姐姐，我很想當警察啊，你覺得我符合標準嗎？如果我去報名，能收我嗎？」

　　「對有志於投身警隊的年輕人，我們都很歡迎。」黎警司笑着打量了一下曉星的個子，「但是你年齡應該還沒到吧？」

　　曉星把胸膛一挺，說：「我快十七歲了！」

　　小嵐拍了他腦袋一下，說：「十七你個頭！我和曉晴還沒到十七歲呢，你比我們還小一年多！」

　　天才兒童曉星是跳級的，所以才會跟小嵐和曉晴同級。

　　「哼哼！」曉星沒法子，只好哼哼着表示自己的鬱悶心情，不過他又很快調整了心態，興高采烈地扳着手指計算着什麼。

　　曉晴瞥了他一眼，問道：「你幹嘛呢？」

　　曉星煞有介事地說：「我算一下要幾歲才能當上警務處處長。」

　　小嵐和曉晴的眼珠都快掉地上了。這傢伙吃錯藥了，連警隊也沒進，就想到要當警隊的最高長官。

「哈哈哈哈！」黎警司笑得眼睛更彎了，好一會兒才止住笑聲，說，「不想當警務處處長的警察不是好警察，曉星有志氣！」

小嵐問曉星：「那你算準了嗎？幾歲才能當上警務處處長？」

曉星眼睛骨碌碌地轉着：「警司姐姐今年三十幾歲就當了警司，那我也以三十幾歲當警司計算吧……」

小嵐和曉晴直翻白眼。

曉星渾然不覺，仍興高采烈地數着指頭：「那我就在三十五歲那年當高級警司，三十八歲當總警司。啊，三十八歲才當總警司，太慢了，得加快腳步。那就四十歲當警務處助理處長，四十二歲當警務處副處長，哇，太好了，那我四十四歲就可以當上警務處處長了！四十四歲，還是青壯年呢，樣子也不老。嘻嘻，不知道到時會不會把我稱作『香港史上最帥的警務處處長』……」

曉晴伸手摸了摸弟弟的額頭，說：「不會是發燒燒壞了腦子吧？」

曉星推開她的手，說：「你才燒壞腦子呢！」

小嵐笑着説：「不是燒壞腦子，那就是發白日夢。」

曉星説：「怎麼是發白日夢呢！説不定不用四十四歲我就當上警務處處長了。我可以越級升職啊，我讀書可以跳級，做警察應該也可以的。」

小嵐拉了拉曉晴：「算了，我們別理他了，讓他自娛自樂，自我陶醉吧！」

這邊黎警司已經笑得不行了，一不小心岔了氣，咳嗽起來。看來這位警司姐姐是個笑點很低的人。

小嵐趕快倒了杯温水給警司姐姐，警司姐姐喝了幾口，才慢慢平伏下來。

黎警司清了清嗓子，笑着看向曉星：「曉星同學，姐姐很希望你能達成願望。不過，要實現願望是要付出努力的，你要加油啊！」

她打量了一下曉星的小身材，又説：「加入警隊要考體能，其中體能測試包含八百米跑、四乘十米穿梭跑、立定跳高、手握肌力測試等，八百米跑的男性合格標準為三分十一秒，你能做到嗎？」

曉星頓時傻了：「八百米跑的合格標準為三分

十一秒，我的媽呀！」

曉晴説：「看，這就哭爹叫娘了，還警務處處長呢！」

「哼，別小看我，我明天就開始鍛煉身體。」曉星摸摸腦袋，又看了看自己的小胳膊小腿，鬱悶地説：「看來，任重道遠啊！我要吃多多的飯，做多多的運動，才能達標呢！」

這時，空中小姐拿着餐牌進來，讓他們點餐。曉星對空姐説：「姐姐，我可以要兩份，不，四份午餐嗎？」

空姐驚訝地看着曉星，在她的空姐生涯裏，還沒試過要四份餐的乘客呢，多大的胃才能容納得下四份餐呀！何況還是這樣一個小少年。

不過空姐的職業素質向來很好，她還是滿面笑容地點了點頭，説：「可以呀！」

小嵐瞪了曉星一眼，對空姐説：「別理他，他還沒睡醒呢！」

曉星趕緊伸出兩根指頭，説：「兩份，兩份！一份法式香煎鵝肝拌飯，一份海鮮意粉。」

空姐笑瞇瞇地給他登記了。小嵐警告他説：

「你最好全都吃光。浪費食物你就死定了！」

「嗯，死定了！」曉晴在一邊伸出兩隻爪子，在虛空中向曉星抓了抓，表示支持小嵐。

果然，曉星吃完兩份飯餐肚子被撐到了，心想這回晚飯都可以省下了。結果這時卻聽到小嵐和曉晴在說悄悄話。

小嵐說：「等會兒下了飛機，我們去蘭亭酒店扒房，吃Ｔ骨牛扒。」

蘭亭酒店扒房供應的Ｔ骨牛扒，是香港十大美食之一，曉晴嚥了一下口水，說：「好啊！我很久沒吃過了。」

曉星頓時呆住了，Ｔ骨牛扒，我也想吃啊！那種美味，讓人連舌頭都想吞下去。

可是，這脹脹的肚子塞得下嗎？失算，大大的失算！

小嵐突然把手指擱在嘴邊，輕輕「噓」了一聲，然後指指黎警司，見到警司姐姐竟然靠在沙發上睡着了。

曉晴用手掩着嘴小聲說：「警司姐姐平時工作一定很忙、很累，所以一停下來就隨時隨地都可以

睡着。」

　　小嵐和曉星都使勁點頭。是呀，因為他們肩負着守護香港、守護香港市民的責任，壓力很大呢！

　　讓警司姐姐好好睡吧！小嵐向空姐要了一條毯子，輕輕地給警司姐姐蓋上。

第二章

深夜誰在哭

飛機到達香港時，已是晚上八點多，黎警司急着回警察總部，所以謝絕了孩子們的晚飯邀約。

大家走出機場時，警司姐姐接了一通電話，聽她説話內容，應是同事打給她的，看她到了香港沒有。這麼晚了他們還在辦公，真是很忙呢！

「警司姐姐再見！」三人組登上出租車時，朝警司姐姐揮手道別。

説再見的時候，三人組心裏都明白，短期內再見的機會其實不大。警司姐姐公務繁忙，而他們只是在香港待短短時間，所以見面的可能性很微。

但誰也沒想到，他們第二天就再次見面了。

再説三人組進了蘭亭酒店，直奔扒房。T骨牛扒名不虛傳，簡直太好吃了，連肚子還脹着的曉星，也忍不住要了一份，吃得暢快淋漓。但結果是，吃完後他很不雅觀地半躺在座位上，摸着肚子

直哼哼，說自己走不動了。兩個姐姐也沒理他，結帳準備走了。

結完帳，曉晴拿出電話打給家裏，她和弟弟準備給爸爸媽媽來個驚喜，所以事前並沒有告知回香港的事。沒想到，曉晴電話一打，頓時撅起嘴巴，一副懊惱的樣子。原來這幾天是老爸老媽結婚周年紀念，兩人昨天就跑到國外旅行去了。

「好啊，看你們以後還敢不敢弄什麼意外驚喜，現在驚喜變驚嚇了吧！」小嵐有點幸災樂禍，又安慰說，「不要緊啦，反正過幾個月又有假期，到時再回來見你們爸爸媽媽。」

小嵐今次回來純粹是陪曉晴姐弟的，她的養父母這時並不在香港。那兩位著名考古學家長期全國各地跑，考察文物、主持挖掘各種出土古墓，在香港的時間寥寥可數。

「啊，爸爸媽媽旅行去了？那我們三個人自己去玩好了。」曉星沒有姐姐那麼惆悵，他常常跟父母在視像見面，所以現在見不到也不會太遺憾。

小嵐想了想說：「那我們乾脆在蘭亭酒店住好了。這裏有個大房間被烏莎努爾政府長期包下了，

早幾天聽萬卡哥哥說這段時間都沒人過來，所以一直空着。我們三個人正好去住。」

　　曉星當然同意了，他只想趕快找張牀躺下呢！曉晴也沒意見，於是小嵐給萬卡哥哥的秘書打了一個電話，國王秘書馬上致電酒店讓他們做好接待工作。於是，小嵐三人組去到接待處告知身分，便有一位大堂經理恭恭敬敬地把他們帶到了那個長期包下的套房。

　　套房位於二十九樓，有四房一廳。曉星自己住一間，曉晴不想一個人睡，死活要跟小嵐住一間。幸虧房間裏都是雙人牀，兩人完全睡得下。

　　蘭亭酒店的客房跟他們扒房的 T 骨牛扒一樣棒，小嵐和曉晴洗了個舒舒服服的熱水澡，然後就坐到客廳沙發上，一人攬着個大抱枕看電視。

　　雖然已經快十一點了，兩人仍精神奕奕，一點都不想睡。曉晴還說，看完電視要跟小嵐聊個通宵呢！

　　「聊通宵？呵呵，不知道是誰，每次都說要聊通宵，結果不到半小時就流着口水呼呼大睡。」小嵐一邊拿着電視遙控器換台，一邊揶揄地說着。

「啊，真的？」曉晴反射性地摸了摸嘴角。

小嵐這時正調到了新聞台，她突然眼睛一亮：「咦，那不是警司姐姐嗎？」

「哪裏哪裏？」曉晴眼睛睜得大大的，看着電視機，「啊，真的，真是警司姐姐！」

原來新聞台正播放專題新聞，今期的主題是《向毒品說不》。鏡頭裏播放的是不久前由香港毒品調查科主辦的、主題為「珍愛生命」的禁毒展覽，畫面上黎警司正在接受記者採訪。警司姐姐對着鏡頭一臉凝重地說着：「……香港吸毒呈現年輕化趨勢，今年首九個月有三百六十一名二十一歲以下青年被捕，平均每月四十人，較以往上升一倍……」

這節目應該已經播了一段時間，接近尾聲，採訪完畢，記者再說了幾句結束的話，便播完了。

「香港青少年吸毒情況還挺嚴重的。」小嵐皺了皺眉頭。

「明知道是毒品，卻偏要吸食，這些人沒長腦子的嗎？」曉晴很不理解。

兩人正在討論，曉星的房門打了，他揉着肚子

走出來，説：「姐姐們，我們出去散步，消消食好不好？」

小嵐瞅了他一眼，説：「終於知道暴吃暴喝的惡果了吧！這麼晚了，還逛什麼，不去！」

「要不，我們上天台走走好不好。這酒店有五十層，在樓頂看香港，一定好好看哦！」曉星誘惑着。

「好吧，就上去一會兒。」小嵐其實也怕曉星吃多了不消化，對身體不好，就勉為其難地答應了。曉晴聳聳肩表示沒意見。三個人換了衣服，出門了。

他們乘電梯上了天台，天台靜悄悄的沒有人，誰會這個時候上來吹冷風呀！不過，正如曉星所説，這裏看風景的確是不錯。

香港夜景盡在眼底。處處霓虹燈閃爍爭光，萬家燈火如星星墜落人間，看着久違了的香港景色，三個孩子只覺得如夢如幻，如癡如醉。曉星也忘了消食的事了，跟姐姐們並肩站在圍欄邊，靜靜地欣賞着。

不知看了多久，小嵐看了看手錶，説：「回去

吧……」

　　小嵐話音沒落，突然，「嗚～嗚～嗚～」一陣斷斷續續的聲音輕輕飄來，如泣如訴，在這萬籟俱寂的夜裏，顯得格外恐怖、詭異。

　　曉晴一把抓住小嵐的手，聲音發顫：「小嵐，聽見沒？好可怕！」

　　曉星愣了愣說：「半夜鬼哭！」

　　「啊，別啊！」曉晴快要哭出來了。

　　小嵐瞪了唯恐天下不亂的曉星一眼，拍拍曉晴的臂膀，安撫說：「這世上哪有鬼！真有的話，鬼應該怕我們才是。」

　　小嵐留心聽了聽，發現聲音是從他們後面傳來的，因為中間隔着花槽和一些裝飾間格，看不見那邊情況，小嵐小聲說：「我們去看看。」

　　曉晴拉住小嵐，說：「別去，我怕！」

　　曉星是個傻大膽，他說：「那姐姐你留在這裏，我和小嵐姐姐去。」

　　曉晴苦着臉，心想：你們走了，那鬼跑來抓我怎麼辦！便說：「我還是跟着去吧！」

　　於是，小嵐領頭，曉晴中間，曉星押後，三個

人躡手躡腳地朝聲音發出的地方走去。

　　他們看見了，在天台的另一邊，有一個身形纖瘦的人坐在圍欄上，臉向外面，雙腿懸在半空，嘴裏發出「嗚嗚」的聲音。那人披頭散髮的，把面孔全遮住了。

　　「鬼，真的是鬼！」曉晴全身都在抖。

　　「是人，不是鬼！」小嵐小聲說，「別作聲，會嚇到他的。沒看見他坐在圍欄上有多危險嗎？」

　　曉晴用手捂住了嘴。

　　「不行，得讓他下來。他會掉下去的。」小嵐對曉星說，「咱倆悄悄摸過去，聽我命令，一齊把他拉回來。」

　　曉星點點頭。

　　小嵐和曉星開始行動了。兩人彎下腰，盡量不發出一點聲音，慢慢向那人接近。幸好那人只顧哭，沒留意身後的動靜，兩人走到圍欄下，小嵐朝曉星做手勢，一、二、三，兩人一齊竄過去，一人抓一隻胳膊，把那人從圍欄上拖了下來。

　　那人猝不及防，尖叫了一聲。原來，是個女的。

第三章

少女吸毒者

小嵐使勁按住那人，不讓她掙扎，一邊用温和的聲音説：「我們不是壞人，我們是這裏的住客。我們只是想幫助你。」

那人愣了愣，又抬頭看了看小嵐，似乎感覺到了她的善意，僵硬的身體慢慢軟了下來。但她沒説話，仍然低頭飲泣着。

在昏暗的燈影下，看得出這是個跟他們差不多年紀的女孩。她很瘦，頭髮乾枯泛着黃色，眼睛深陷，臉色青白，嘴唇還泛着紫色，一個正當花樣年華的女孩子，卻有着這樣的狀態，看上去令人觸目驚心。

小嵐等人內心都很震驚，小嵐説：「別哭，把你的心事説出來，我們一定幫你的。」

女孩的哭聲漸漸停了，當小嵐以為她要説話的時候。她突然一把推開小嵐，大聲説：「你走！你

快走！別管我！」

在大家驚疑的目光中，她渾身顫抖，涕淚橫流，還用手使勁去扯自己蓬亂的頭髮，一點不知道痛，好像那頭髮不是長在她自己頭上似的。小嵐急忙拉着她的手：「別這樣，別這樣！」

女孩下死勁推開小嵐，把小嵐推得一個趔趄，差點跌倒。

「你們沒法幫我的。讓我死吧，救我幹什麼，救我幹什麼！」説着，她竟然趴在地上，前額一下一下用力向地上撞去。「咚咚咚」的聲音，在黑夜中顯得特別嚇人。

小嵐和曉星，還有曉晴，一起出手拉住她阻止撞頭，女孩的前額已青紫了一大片，滲出血絲，她狀若瘋狂，又好像喘不過氣似的，用手拚命去抓喉嚨，把脖子撓了一道道血痕。

她力氣很大，三個人都差點按不住她。曉星説：「小嵐姐姐，我懷疑她有精神病。」

小嵐搖搖頭，説：「不，她這樣子，很像是毒癮發作了。」

曉晴和曉星頓時愣了，毒癮發作？！毒癮發作

原來是這麼可怕的！

小嵐説：「我跟萬卡哥哥去過戒毒所探訪，了解到毒癮發作是非常痛苦的。參觀時剛好有個戒毒者毒癮發作，狀況跟這女孩差不多。記得那戒毒者喊着哭着，説自己快喘不過氣了，説自己渾身都針刺般的痛，還用頭去撞牆，像瘋了一樣，無法控制自己。」

曉晴震驚地看着女孩：「她、她竟然是個吸毒者！」

這時，那女孩好像沒力氣掙扎了，只是摀住胸口，嘴巴張得大大的，艱難地呼吸着，就像一條離開了水瀕死的魚兒。

「我馬上去拿針灸包，針灸可以給她紓緩一下痛苦。」小嵐又指了指花槽邊一張長長的木椅子，「你們把她扶到那張木椅上躺下，我馬上回來。」

小嵐很快拿了針灸包上來，這時曉晴姐弟已經把女孩扶到椅子上，讓她躺下了。女孩嘴唇泛白，滿頭冷汗，沒有一點血色的臉扭曲着，她每呼吸一下都好像很痛苦，嘴裏發出駭人的「嗬嗬」的聲音。

小嵐迅速打開針灸包，拿出四根銀針，分別往女孩手腕內側和外側的內關穴、外關穴，以及位於手心和手背的勞宮穴、合谷穴四個穴位紮下去。

　　女孩一開始還在痛苦的扭動着，嘴裏嘶叫着，慢慢地就平靜下來了。小嵐三人便齊心合力把女孩扶了起來，帶回房間，讓她躺到牀上。

　　再過了十幾分鐘，女孩的呼吸正常起來，原先緊閉的雙眼也張開了。

　　「謝謝！」女孩用嘶啞的聲音對小嵐説。

　　「不用謝，能幫你就好。」小嵐微笑着説。

　　「你不該救我的。活着還有什麼意思？沒意思，真的沒意思極了。」女孩悲聲説。

　　小嵐説：「生命可貴，何況你還那麼年輕。人生沒有過不去的坎，讓我們幫你好不好？」

　　曉星點點頭説：「你可以戒毒的，可以回到正常人的生活的。不可以因此放棄生命。」

　　曉晴在一旁沒説話，剛才發生的事把她嚇壞了，眼裏的驚駭仍未消失。

　　女孩痛哭失聲：「沒用的，你們幫不了我！我就不該來到這個世界上，只有死才能讓我脱離痛

苦。」

「你叫什麼名字？」小嵐拿出濕紙巾，輕輕給女孩擦臉，柔聲說，「把你的痛苦說出來，我們會幫你的。」

「我叫劉美竹。」女孩抽泣着，說，「你幫不了我的，我深陷在泥沼中，出不來了。」

曉星把胸膛一拍，說：「你不用怕！深陷泥沼又怎麼樣，即使你去了地獄，我們也可以把你救回來！」

劉美竹搖搖頭，痛苦地說：「你們幫不了我，因為我欠了別人很多錢，因為我吸毒，還販毒。」

「啊！」小嵐和曉晴曉星都不約而同地驚叫一聲。

真沒想到，這個看上去只是高中生的女孩，竟然是一個毒販！

在香港，青少年吸毒，會判入戒毒所強制戒毒，但如果是販毒就嚴重多了。他們曾看過新聞，成年人販毒最高可判終身監禁，而未成年人販毒，也很嚴厲，即使販賣毒品不多於十克，刑期也要兩至五年。

那就是說，劉美竹面臨的是坐牢！

三個人默默地看着她，眼裏滿是譴責，還有痛惜。大好年華，不單吸毒，還竟然去販毒，真是害人害己！

小嵐歎了口氣：「為什麼？為什麼吸毒？為什麼販毒？為什麼你要這樣做？」

「為什麼？」劉美竹怔怔地回憶着——

第四章
劉美竹的故事

劉美竹是個孤兒,她從懂事的時候,就發現自己住在新界的一個孤兒院裏。院長婆婆告訴她,她還是嬰兒的時候,就被人遺棄在孤兒院門口。

那是一個風雨交加的夜晚,當孤兒院工作人員聽到啼哭聲、發現劉美竹的時候,她已經冷得臉色發青,嘴唇發紫,奄奄一息了。院長趕緊抱着她去了醫院,醫生們拼盡全力,才救回她弱小的生命。

孤兒院條件一般,但工作人員的照顧還是很周到的,她在那裏過了十年,直到被一對結婚多年但沒有孩子的夫婦領養。

一開始養父母對她還是不錯的,但幾年後養父母生了個兒子,她的苦難就開始了。養父母把全副心血放了小弟弟身上,對她疏於照顧。父母常常忘了放學時去接她,多少次她站在空無一人的學校門口無助地哭泣,最後還是被老師發現了送她回

家；天氣轉涼了，家裏也沒人記得為她準備禦寒衣物，生病了也沒人發現，直至同學發現她不對勁告訴老師，學校才派人把她送到醫院。她人在家裏，但卻像一隻沒人照顧的流浪小貓咪，感覺不到那怕一絲絲的溫暖。

但她還是渴望着，期待有一天養父母重新把她記起。

有一天，她放學回家見到弟弟站在嬰兒牀上朝她咧開嘴笑，她心裏頓時像綻開了絢麗的煙花，感覺既溫暖又美麗，那是久違了的家人給她的笑臉啊！她忍不住伸手去摸了摸他可愛的小臉。但弟弟恰好這時候「哇」的一聲哭了起來，養母一看立即氣勢洶洶跑過來，「啪」的一聲給了她狠狠一巴掌。

劉美竹一邊臉頓時火辣辣地痛，並且以肉眼可見的速度腫了起來。她懵了，不知自己做錯了什麼，用手摸着刺痛的臉，眼裏滿是驚恐、徬惶。養母抱起兒子哄着，還沒忘罵罵咧咧的咒她：「好一個狼心狗肺的野孩子，竟敢害我兒子，你不得好死！」

劉美竹像一下墜進了千年寒冰中，渾身發抖，她哭着説：「我沒有害弟弟！」

　　養母厲聲説：「還敢説沒有，我親眼看見的！你滾，你馬上給我滾，我當初就不該領養你，不該帶回來一隻白眼狼！」

　　她悲憤地從家裏跑了出來，一個人跑到屋邨小公園裏。那裏有張長長的石凳，她在一頭坐了下來，低着頭默默流淚。

　　「怎麼啦？誰欺負你了？」身邊響起一把男聲。

　　劉美竹嚇了一跳，她抬起頭，發現石凳的另一頭不知什麼時候坐了一個人，借着公園裏微弱的街燈光線，可以看到他大約十七八歲，長相清秀，有點像韓劇裏那些男明星。

　　劉美竹覺得有點臉熟，好像曾經見過。那人笑了笑，笑起來時嘴巴微微歪向一邊。他對劉美竹説：「我在學校見過你，你是高三甲班的吧。我叫陳季行，是高三丁班的。」

　　劉美竹這才想起來，自己的確在學校見過他。他好像常跟幾個人一塊玩，有男生女生。知道是學

校同學，她不像剛剛那麼抵觸，但因為大家素無來往，所以還存了一點警惕。於是沒搭話。

陳季行定睛看着她，說：「為什麼哭？讓我猜猜看。跟男朋友吵架了？」

劉美竹搖搖頭：「我沒有男朋友。」

陳季行往劉美竹那邊挪了一下，仔細看看她臉上的紅腫，便問：「被爸爸媽媽罵了？打了？」

劉美竹一下子被戳中了心事，嘴一扁，又「啪嗒啪嗒」地掉起眼淚來了。

陳季行說：「看來我沒猜錯。人生不開心的事多着呢，自己尋開心就是。反正你現在也不想回家，走，我帶你去酒吧，那是一個能讓人開心快活的地方。」

陳季行說完，朝劉美竹伸出一隻手。

劉美竹是一個慢熱的人，不會隨便跟一個不熟的同學去玩，便搖了搖頭。

陳季行好像看穿了她的心事，說：「你連我名字都知道了。一回生二回熟嘛，說不定我們能成為好朋友呢！」

劉美竹抬頭看着陳季行，心想，電視劇裏的壞

人都長得兇兇的、醜醜的，這麼好看的人，一定不會是壞人吧。

她只是從電視電影裏見過酒吧，覺得那是個很時尚的地方，小舞台上有歌手在唱歌，台下人們人手一杯酒，在談天說地。那個家她不想回，自己總不能在小公園坐一晚上吧，有個地方去也好。

她神差鬼使地站了起來，準備跟陳季行走了。但隨即猶豫了一下，說：「去酒吧消費很貴的吧，我沒錢。」

陳季行哈哈笑着：「我有錢。請同學喝杯飲品還是可以的，去吧去吧！」

劉美竹跟着陳季行走了，她不知道，這個輕率的行為，差點讓自己走上了一條不歸路。

陳季行把劉美竹帶到了一間叫「幻美」的酒吧，在門口，劉美竹便被那鬧哄哄、煙霧彌漫的環境嚇得腳步頓了頓。陳季行沒有給劉美竹後悔的機會，一手拽着她的胳膊，把她拉進去了。

酒吧裏播放着震耳欲聾的音樂，四周是一張張圓桌子，中間空地上一大羣男男女女，在隨着音樂節奏手舞足蹈，扭動腰肢，天花板上一盞盞七彩快

閃燈，在他們臉上不斷變換顏色，顯得十分詭異。

陳季行似乎是這裏的常客，走進去時有不少人跟他打招呼。他找了一張空着的桌子，和劉美竹一起坐下，然後又招來侍應，點了兩杯飲品。

「喝吧！」陳季行把一杯飲品放到劉美竹面前。劉美竹拿起來聞了聞，皺着眉說：「這是啤酒吧？」

陳季行用嘲笑的口吻說：「啤酒也不敢喝？就那麼一點點度數，膽小鬼！」

劉美竹最恨人家說她膽小鬼，在她心目中，膽小就代表着被人欺負。不就是一杯啤酒嗎？喝就喝！她拿起杯子，「咕咕咕」一連喝了幾大口。

「咳咳咳！」結果她被嗆到了，劇烈地咳嗽着，咳得連眼淚鼻涕都出來了。

「真是個沒用鬼！喝點啤酒都弄成這樣。」陳季行看着她，眼裏滿是鄙視，又拿着自己面前那杯啤酒，一仰頭，「咕咕咕」一口氣喝了下去。然後把空杯子朝劉美竹亮了亮，示威似地挑了挑眉。

劉美竹最經不起激將法了，她咬咬牙，把未喝完的酒全喝下去了。又是一陣咳嗽，但沒之前那麼

難受了，不過心跳有點快，臉也迅速紅了起來。

　　這時，有個跟劉美竹差不多大的女孩走了過來，笑着對陳季行說：「行哥，這麼好興致帶妹妹來玩。」

　　陳季行笑了笑，嘴巴微向右邊歪着，顯得有點痞氣：「阿琪，帶她出去蹦蹦。」他指了指舞池。

　　名叫阿琪的女孩一手拉起劉美竹，說：「來，姐姐帶你去玩。」

　　劉美竹這時覺得人有點興奮，便不自覺地跟着阿琪走到了舞池中。震耳的音樂和刺眼的燈光刺激着她的神經，她跟着阿琪亂晃亂搖起來。

　　阿琪見了哈哈大笑，說：「你像我這樣，隨着音樂節奏，這樣跳……」

　　劉美竹學着阿琪的樣子跳了一會兒，覺得自己好棒，居然會跳了，跳着跳着，在酒精作用下越來越亢奮。就這樣搖着晃着過了半個小時，才和阿琪一起哈哈大笑着走回座位。

　　陳季行正坐在鄰桌跟一個男人小聲說着什麼，遠遠見到兩人回來，他拿起桌上一小包東西塞進口袋，然後起身返回自己座位。

「好玩嗎？」陳季行問劉美竹。

「好玩。」劉美竹興奮地笑着。

一切都讓她覺得新奇。震耳的樂聲，嘈雜的人聲充塞着她的腦袋，似乎把她心中的煩惱都擠出去了。

阿琪説：「好玩就玩個痛快，咱們玩通宵好不好！反正明天星期日不用上學。」

原來阿琪也是個高中生。

劉美竹心想反正她現在是有家歸不得，在這玩一晚也好，讓家裏人着急一晚上，看他們以後還動不動就打罵。

可是，劉美竹畢竟是個生活有規律的人，即使又再喝了半杯啤酒，但到了十點多，還是開始呵欠連天、昏昏欲睡。平日這時候，她已經躺下睡覺了。

陳季行從口袋裏拿出一小包東西，看上去像是袋裝的什麼顆粒沖劑，説：「給點提神的東西你嘗嘗。」

劉美竹勉強抬起眼皮，定睛看了那東西一會兒，説：「是咖啡嗎？」

陳季行又露出了他的歪嘴招牌笑容，説：「這是提神藥，咖啡可沒有它這麼提神醒腦。」

阿琪在旁邊説：「是呀！我吃過好多次了。哇，簡直是神藥啊，一整晚都不覺得睏。試試吧！行哥對你真好，捨得給你吃，我都妒忌了。」

劉美竹覺得今晚真是見識了太多東西，難道這就是時尚生活？她不想回家，也不想睡，見到陳季行和阿琪極力推薦那包東西，便興奮地點點頭，説：「好，那就試試。」

陳季行和阿琪互相打了個眼色，阿琪偷偷打了個「OK」的手勢。陳季行笑得嘴更歪了，他看了一下周圍，見到沒人注意，便拿過劉美竹面前那半杯啤酒，飛快地把那包東西倒了進去，然後晃動了一會兒，遞回給劉美竹。

劉美竹興奮地接過杯子，用舌頭舔了舔，覺得味道跟之前的啤酒差不多，便一口氣喝光了。

果然如兩人所説，劉美竹喝下後就覺得整個人變得亢奮起來，睏睡沒了，疲勞感沒了，她哈哈大笑着，一手拉着陳季行，一手拉着阿琪，跑到舞池瘋狂地扭動着，融入了那班手舞足蹈的年輕男女中

間。

　不知跳了多久，跳完之後又做了些什麼，之後又怎麼睡着了，她都不記得了。她是讓自己做的惡夢嚇醒的，醒來後，她發覺自己躺在一個陌生的小房間裏，看簡單的陳設，像是一間廉價的旅館。

　她仍然昏昏欲睡的，身上沒有一絲力氣，強撐着起了身，簡單梳洗後，便離開了房間。下樓到了地下時，坐在接待櫃台前的一個中年女人喊住了她，說：「你要退房嗎？來這裏結帳。」

　「結帳？」劉美竹呆住了。

　中年女人眼神奇怪地看着劉美竹，說：「你住了一晚上，不用給錢嗎？」

　她一邊說，一邊寫了張收據，朝劉美竹一遞。

　劉美竹接過收據一看，一天住宿費二百二十元。她歎了口氣，在身上掏了許久，連硬幣都掏出來，才勉強湊夠了錢。父母本來就沒給她多少零用錢，這回她身上只剩下一個兩元硬幣了。

　那天之後，劉美竹一連兩天都沒胃口吃東西，感覺到餓，但就是沒有食慾。而且總覺得口乾舌燥的，晚上睡不着覺，只好爬起來通宵上網。第二天

上課時，精神萎靡不振的，結果被老師批評了好幾次。沒辦法，她放學時便跑去找陳季行，問他要提神藥。

陳季行看了看周圍沒有人注意他們，便拉着劉美竹走到一個偏僻角落處，嘴角歪歪地笑了笑，說：「這藥我可是花錢買來的，送你一次可以，你再要就得給錢了。」

劉美竹一愣，她哪裏有錢，僅有的錢昨天已經交了住宿費了。她說：「你先記着帳，等下月初我父母給我零用錢時，我還給你。」

陳季行說：「好吧！看在你是我同學份上，我信你。我就先記着帳，你下月把錢還給我。」

「好的，一言為定！」劉美竹見陳季行鬆了口，忙不迭地點頭。

陳季行拉開背囊，從裏面夾層拿出一個小袋子，塞到劉美竹手裏。

就這樣，劉美竹上了癮，不吃提神藥就不舒服，渾身難受。她只好一次又一次去向陳季行拿藥。

有一天，她去找陳季行要藥時，陳季行不肯給

了，他向劉美竹出示了一張單子，上面詳細記錄着給她提神藥的合計金額。她一看上面那個數字，頓時瞠目結舌，竟然要一萬多塊錢！

她驚惶地看向陳季行：「有沒有弄錯？」

陳季行還是歪歪嘴笑着：「沒弄錯，就是要這麼多錢。你知道我給你吃的是什麼嗎？冰毒，這東西就是這麼貴。」

「冰毒？毒品！」劉美竹覺得腦子裏「轟」的一聲，臉色變得蒼白，「你、你竟然騙我，讓我吃毒品！」

她雖然不知道吸毒對人到底有多大危害，但偶然從新聞媒介中知道一星半點，也知道毒品是被禁止的，是不好的東西。

「我又沒強迫你，是你求我賣給你的，還要我先借你錢。劉同學，你好沒良心啊！」陳季行還是歪歪嘴笑着。

劉美竹一句話也說不出來。她心裏好恨，她哪裏會想到，這個長得這麼好看的少年，竟然會引誘她吸毒！她也在電視劇中見到過毒販，不都是長得賊眉鼠眼、一看就是個壞人的嗎？

劉美竹不想再吸毒，但這時她已深陷毒癮，不吃就口水鼻涕一齊流，痛苦不堪，只好懇求陳季行繼續給她藥。陳季行露出很勉強的樣子，繼續給她提供毒品。她身體越來越糟糕，在學校時，爬幾層樓回教室，也氣喘吁吁。出現的奇怪狀況越來越多，經常發冷發熱、皮膚搔癢疼痛，人也變得憂鬱，還常常出現幻覺，覺得養父母想殺她，這導致她跟養父母之間的關係更差了。

　　她終於明白吸毒帶來的害處，想戒掉，但她已無法控制自己了，毒癮發作時那種的痛苦，讓她不得不繼續沉淪毒海。

第五章

有事找警司姐姐

　　小嵐三人默默地聽完劉美竹的訴説，不知是該恨她還是該同情她。

　　小嵐説：「壞人不會在臉上刻着個『壞』字的，看人不能光看臉，更要看他的品行。那你後來為什麼發展到販毒的？」

　　劉美竹一臉的恨意，説：「一個月後，陳季行逼我立刻還錢，我每個月的零花錢不多，哪裏有這麼多錢還他。陳季行就説給我介紹一份『掙快錢』的工作，讓我給他發展下家，替他賣毒品。每賣一小包毒品，他就給我一些辛苦費。」

　　曉晴瞪着劉美竹：「你明知毒品害人，竟然還答應他。你真糊塗！」

　　劉美竹哭着説：「我沒辦法呀！陳季行要我馬上還錢，説我欠的錢不是他的，是一個叫什麼『虎哥』的。虎哥説了，要是我不還錢，就把我弟弟抓

起來，賣到很遠很遠的地方，賣到東南亞。嗚嗚嗚，我弟弟很可愛的，我不能害他的。」

劉美竹接過小嵐遞給她的紙巾，擦了擦眼淚，說：「我沒辦法，只好答應了。但我跟陳季行說好了，我賺夠還債的錢就不幹了。陳季行嘲笑我，說我膽子比芝麻還小，他還說我是未成年人，賣點毒品只是小事一件，即使被抓，頂多拘留幾天，就會放出來。」

小嵐很憤怒，她對劉美竹說：「陳季行根本是騙你的。你知道嗎？在香港，吸毒和販毒都是犯法的，而販毒更是非常嚴重的罪行。就拿你吸食的冰毒來說吧，販賣少於十克，就會判入獄三至七年⋯⋯」

「啊！這麼嚴重！」劉美竹驚叫一聲，「陳季行他、他竟然騙我！」

曉晴很擔心，趕緊問劉美竹：「那你賣過的毒品有超過十克嗎？」

劉美竹說：「我只賣過幾次，都是賣給外校學生的。天哪，不知道有沒有十克。你們快告訴我，十克是多少？」

曉星說：「你見過萬字夾嗎？一個萬字夾的重量就是十克。」

　　「一個萬字夾？那麼一點點就……慘了，那我肯定要坐牢了。」劉美竹怔了怔，咬牙切齒地說，「陳季行，陳季行，你這個大壞蛋！」

　　小嵐說：「大錯已經鑄成，你現在唯一的出路，就是向警方自首。」

　　「自首？自首有用嗎？我還不是一樣要坐牢。」劉美竹絕望地說，「不管怎樣，我都是死路一條。還是死了算了！」

　　小嵐嚴肅地說：「你不覺得，死了是便宜了害你的那些人嗎？你最正確的做法是，主動向警方自首，檢舉揭發壞人，讓他們無法再去害更多的人。而且，如果你自首，又檢舉揭發壞人有功，相信法庭也會酌情量刑，對你從輕處理的。」

　　「真的可以嗎？」劉美竹看着小嵐，黯淡的眼神閃出了一點點亮光。

　　「嗯！」小嵐重重地點頭。

　　劉美竹臉容慢慢變得堅定起來，她終於拿定了主意：「我決定自首！另外，我還有一件很重要的

事情要向警方舉報。我可以怎樣聯絡警方？」

曉星搶着説：「這個容易。我們認識一個警司姐姐，她很厲害的，我們找警司姐姐幫你！」

當小嵐他們在忙着出手挽救、幫助劉美竹的時候，黎向明警司也在忙碌着，她和毒品調查科的同事一起坐在會議室裏，向上級滙報過去幾天的工作進展。

之前不是説過，黎警司是提早結束了在烏莎努爾的訪問行程，一個人返回香港的嗎？原來，是因為香港警方接到中國內地公安部門發來的緊急通知——來自海外執法部門的一份秘密情報顯示，國際大毒梟津武近期會通過船隻托運一批藏有可卡因的貨品，目的地香港。

香港警方收到消息後，馬上成立跨部門小組，安排堵截毒品。黎向明作為毒品調查科情報組負責人，肯定要參與其中，所以通知她馬上歸隊。

與會人員坐在一張長長的會議桌前，正面牆上，掛着一幅巨大的投影屏幕，屏幕上顯示的，是熙熙攘攘、船來船往的貨櫃碼頭。

「……自接到情報到現在，已經第三天了。在

這三天裏，我們和海關檢查部門聯手，檢查每一艘到港貨輪，但至今未有收穫……」行動組A組組長正在發言，「海外執法部門提供的線索沒有具體日期，沒有泊岸碼頭，沒有運毒船隻的型號，也不知道來自哪個港口，這讓我們的截查行動很被動，人手嚴重不足……」

A組組長滙報完後，B組組長以及情報組兩名組長也接着發了言。

總警司聽完滙報後，首先肯定了下屬們這幾天的工作，也表示明白他們的難處：「香港是全球最繁忙和最高效率的國際貨櫃港之一，現時香港港口每星期提供約二百七十班國際貨櫃班輪服務，連接香港港口至全球近六百個目的地，這給我們查找裝有毒品的貨櫃船造成極大困難。但是，無論怎麼困難，我們都要全力以赴，查出毒品。如果不能在毒品到達的第一站就截住它，讓它流入社會，將會毒害多少人！明天，我們行動組和情報組全部出動，配合海關查驗到岸貨船，不放過任何可疑船隻。毒犯是十分狡猾的，以前我們海關曾破獲過的藏毒案，就有用船隻本身的夾層藏毒的，也有用船上運

載的貨物藏毒的，包括奶粉藏毒、木雕藏毒、罐頭藏毒……手段層出不窮。所以大家要留意船上每一個角落，每一條裂縫，每一件貨物。有句話叫『魔高一尺，道高一丈』，相信我們一定能把毒品找出來。大家繼續努力！」

「是！」下屬們一齊大聲回答。

散會後，黎向明讓她的助手楊奇留下，準備商量一下情報組的人手安排。這時，她的手機突然震動起來，拿起來一看，發現是小嵐來電。她有點詫異，現在已經晚上十一點多了，小嵐他們旅途勞累，怎麼還不休息？不是出了什麼事情吧？她急忙接通電話：「喂，小嵐什麼事？」

電話那頭傳來小嵐的聲音：「黎姐姐，我們現在在蘭亭酒店二十九樓。我們剛剛在酒店天台救了一個想跳樓自殺的女孩子，她現在就在我們房間裏。她說，有一個很重要的、跟販毒組織有關的消息，要向警方舉報。」

不知為什麼，黎警司心裏「撲通撲通」猛跳了幾下，馬上想到了他們目前跟進的案子。不會那麼幸運吧？她急忙說：「小嵐，你做得很好！半小時

後我會到達。這半小時裏，你們留在房間裏，注意安全。」

黎向明收起電話，對楊奇説：「開你的車，我們馬上去一趟蘭亭酒店。」

「是！」楊奇應道。

五分鐘後，一輛私家車向着蘭亭酒店疾駛而去。楊奇聽完黎向明轉述小嵐的電話內容，笑着説：「Madam Lai，你説，有沒有可能，那女孩要舉報的事，跟我們正在查的毒品案有關？」

黎向明正要説話，她的電話又響了，她拿出手機看了看，臉上頓時變得溫柔：「怎麼還不睡？媽媽還在忙呢。」

電話那頭的説話聲清脆稚嫩，萌萌的讓人的心都可以融化掉：「媽咪，你怎麼總是那麼忙？我們幼稚園欣欣的媽媽，還有可可的媽媽都有時間陪她們，而我就常常只有菲傭姐姐陪。」

黎警司也知道自己對女兒有虧欠，但沒辦法，身為警務人員，有時實在是身不由己。她只好耐心地跟女兒講道理：「我和欣欣媽媽，還有可可媽媽的工作不一樣。我的工作是抓壞蛋，一發現壞蛋就

得馬上去抓，不然讓壞人逃跑了，他就會去害人的。」

稚嫩的聲音又說：「好吧，童童支持媽媽抓壞蛋，童童自己睡。不過，你抓到壞蛋以後，得把他交給我。」

黎警司眉毛一挑，好奇地問：「你想把他怎樣？」

小女孩生氣地「哼」了一聲，說：「我要教訓他，把他關進小黑屋，看他以後還敢不敢做壞事！」

「哈哈哈哈！」黎警司忍不住笑起來，又說，「喲，我寶貝女兒還是個嫉惡如仇的小女俠呢！不過，你還小呢。不用你出手，他們會得到應得的懲罰的，放心吧！」

「好。」女孩乖巧地應着，又嘟囔了一句，「媽媽，爸爸今天又沒給我信息了。」

黎警司怔了怔，隨即柔聲說：「寶貝，爸爸可能今天有重要的事忙呢，我想他明天一定會給你發信息的。」

「嗯嗯。」女孩應了一聲，聽到她打了個小小

的呵欠，然後說，「媽媽再見，我睡覺覺了。」

「好，睡吧，寶貝，媽媽愛你。」黎警司結束通話時，心情有點不好。

當她往車窗外面看去時，臉上神情又頓時變得堅定，因為，她看見到了前面的蘭亭酒店。馬上有很重要的工作要做，她沒時間憂傷。

第六章

知錯能改，善莫大焉

　　十分鐘後，黎向明警司進入了酒店二十九樓房間。

　　劉美竹低頭坐着，不敢看眼前的兩名警務人員。

　　「別怕。我們是來幫你的。」年輕的女警司聲音輕輕的、柔柔的，不像劉美竹想像中的嚴厲，這讓劉美竹提到嗓子眼的那顆心，稍稍放下了一些。

　　「我叫劉美竹……」劉美竹把自己涉入毒品的過程說了出來。

　　房間裏的人靜靜地聽着。

　　「本來，我想再做一兩次，把欠下的債還清了，就洗手不幹了。但是，今晚九點多，我接到陳季行打來的一個電話，約我去附近小公園，說是有要事。我去了小公園，遠遠見到一張石凳上坐了兩個人，由於街燈昏睡看不清臉面，只是看身型知道

其中一個是陳季行。即使離得遠遠的，我也聞到了濃烈的酒味，這兩人一定是剛喝過酒。當時，陳季行走過來，説是虎哥吩咐的，過兩天讓他帶着我去葵青一個物流公司倉庫，替虎哥收一批貨。我一聽就慌了，虎哥是個販毒的，他要收的貨，不就是毒品嗎？我馬上就拒絕了。但陳季行説，做好這件事，虎哥會給我辛苦費，那我就可以把欠款一下子還清了。但我還是不想去。這時陳季行就翻臉了，説我已經知道了有貨到香港的事，如果拒絕的話，就只有死路一條，虎哥不會讓知情人活着的。還説，到時死的就不是我一個，還有我弟弟，以及我其他家人。這時聽到那邊石凳上的人重重地「哼」了一聲，把我嚇得心驚膽顫，我看不清那人的臉孔，但估計就是虎哥。我不想弟弟出事，也不想連累養父母，只好答應了。陳季行説具體收貨時間，要等虎哥通知。他還警告我不能跟任何人説起這件事，如果洩露了，我一家人都會沒命。」劉美竹説到這裏，忍不住打了個冷顫，身旁的小嵐摟住了她的肩膀，劉美竹繼續説，「打完電話，我走出家門漫無目的地走着，我想起了阿琪。阿琪就是陳季行

第一次帶我去酒吧遇到的那個女孩，她上個星期死了。她跟朋友在一起吸毒，吸食過量死的。她是家裏的獨生女兒，聽説她母親聽到消息後就馬上昏倒了，她父親像瘋了似的拿頭去撞牆，幾個人都拉不住，他們的餘生都將活在痛苦之中。我越想越後悔，越想越絕望，走着走着剛好走過蘭亭酒店，我知道蘭亭酒店的天台是觀賞夜景的好地方，於是就跑了上去。眼前的夜景很美，燈光很璀璨，但我的心卻一片黑暗，我不知自己該向何處去，我找不到能照亮自己的那束光，我越想越覺得生無可戀，想往下一跳結束人生……後來，是小嵐他們把我拉了回來。」

劉美竹説到這裏，淚流滿面，小嵐和曉晴在旁邊不斷安慰她。

黎向明跟楊奇交換了一下眼神。毒品調查科早就留意到虎哥這個人了，虎哥全名是錢阿虎，曾有線人透露，他跟津武一直有毒品交易，只可惜一直找不到證據把他入罪。

這陳季行説的虎哥那批貨，很可能就是他們正在查的那批。確定了這點後，劉美竹提供的線索就

很有用了。既然取貨地點是在葵青，那麼運毒船隻就肯定是在葵青貨櫃碼頭泊岸，這樣警方就可以重點監控葵青貨櫃碼頭的到岸船隻。另外，根據錢阿虎提貨的日期，可以把毒品到達時間縮短在明後兩天。

這回，不僅可以攔截到國外毒梟運來的毒品，還可以爭取現場捉拿錢阿虎，打擊香港的毒品交易市場。

黎向明和楊奇心裏其實是有點奇怪的，錢阿虎這傢伙向來小心僅慎，派手下去收貨，不到最後一刻是不會透露更多的，所以這麼久警方都找不到他破綻。沒想到，他這次連取貨的大致地點和時間都提前說了出來。

劉美竹說他們身上酒氣很大，估計很大可能是兩人都喝醉了，把不該說的都全說了。真是天網恢恢，疏而不漏啊！

黎向明對劉美竹說：「美竹同學，知錯能改，善莫大焉。我們很高興你能向警方提供消息，舉報罪案。你的事情我們也會如實向上級反映，爭取能從輕處理。」

「謝謝。我有什麼可以協助警方的,即使要我當臥底,打入毒犯內部,探聽消息,我也願意。」劉美竹眼神堅定地看着黎警司。

黎向明臉上露出欣慰的笑容:「你願意幫助警方,這很好。但是你還沒成年,我們不能讓你去冒風險。接下來,你要不動聲色,裝作什麼事也沒發生,不能讓毒販察覺你有異常。一旦知道具體收貨時間及地點,你就馬上通知我們。」

劉美竹點了點頭,說:「嗯,我能做到。」

黎向明從背囊裏拿出一部手機,交給劉美竹,說:「這部手機是經過加密的,其他人無法監聽。但事情無絕對,為保險起見,如非必要我們盡量不會跟你聯絡。但如果你遇到危險,或出現什麼緊急情況,可以隨時打這部手機。手機上只有一個聯絡電話號碼,你直撥就可以。」

劉美竹鄭重地接過手機。

黎向明詳細吩咐了劉美竹一些注意事項後,便和楊奇離開了酒店。

劉美竹在小嵐他們房間留到第二天早上才離開。她沒有察覺,一路上都有兩個人尾隨着,那是

警方派出的兩名便衣警員，在對她暗中保護。

翌日，毒品調查科人員和海關部門一起，對葵青貨櫃碼頭所有泊岸船隻進行了重點監控，上午十一時左右，終於鎖定了一個報稱載有電力變壓器的海運貨櫃，經X光檢查後發現該批變壓器內部分組件有移位，與其他組件不同，便打開變壓器作更深入檢查。經過拆件、切割等一系列查勘，發現變壓器內藏有大量毒品。

至此，所有人都大大鬆了一口氣，毒品終於成功堵截了！

　　但是，事情還沒完，還需引出香港方面接貨的毒販。所以，變壓器包裝迅速被還原，放入原本的貨櫃，送回貨櫃碼頭。之後有物流公司到場收取貨櫃，運往附近一個叫迅發的貨櫃場。這一切，都盡在毒品調查科監控之中。

　　小嵐和曉晴曉星接到黎警司電話，得知運來香港的毒品已被查出，十分高興。他們一人打開一罐橙汁汽水，碰了碰，一飲而盡，以作慶賀。之後各人又發表了一通感想，都覺得這次回香港真是不枉此行。

　　不過曉晴有些想不明白：「黎姐姐他們為什麼在查獲毒品之後，還要讓物流公司拿走呢？在貨櫃碼頭查到毒品時就全部收繳，然後派人去抓陳季行和那虎哥，不就更簡單嗎？」

　　小嵐說：「據我所知，警方緝毒是要講現場證據的，就是說，除非是他們親身交收毒品，否則執法部門在檢控方面會很困難。」

　　曉星若有所思：「那就是說，即使明知有一個

人是毒販，如果沒有在他們現場交易毒品時抓捕，
也有可能因證據不足，讓他們逃過法網。」

　　曉晴恍然大悟：「怪不得毒販要陳季行和劉美
竹去收貨，原來是毒販打的陰險主意。即使收貨被
抓，能入罪的只是劉美竹這些學生，而毒販就可以
逍遙法外。太狡猾了！」

　　「是呀！毒販就是利用青少年不懂法治，不知
道涉毒的嚴重後果，讓他們做替死鬼。幸好劉美竹
這次懸崖勒馬，將功補過，否則，她就有大麻煩
了。」小嵐説。

第七章
生命中的那束光

　　就在警方查出貨櫃毒品的第二天，放學時劉美竹走出校門，就見到陳季行站在門口那棵大榕樹下，朝她招手。劉美竹心裏「咯噔」一下，她讓自己鎮靜下來，朝陳季行跑了過去。

　　「咱們現在就去取貨。」陳季行小聲説。

　　「現在？」劉美竹緊張得心裏「撲通撲通」亂跳，她咬了咬嘴唇，問道。

　　陳季行盯了她一眼：「怎麼啦？」

　　「沒、沒什麼。那咱們走吧！怎麼去？」

　　陳季行説：「我們走路去下一條街，有車在那裏等我們。」

　　陳季行説完，又看看劉美竹手裏拿着的手機，向她伸手：「把手機給我保管。」

　　劉美竹不解地問：「啊，為什麼？」

　　陳季行歪歪嘴笑了笑，説：「虎哥説的。他不

放心你，怕你把接貨的地點洩露出去。」

之前覺得陳季行歪嘴笑的樣子很有型很帥氣，但現在劉美竹只覺得他無比邪氣，就像古裝戲裏的白臉奸臣。她撇了撇嘴，移開眼睛不想看那張臉。

陳季行劈手奪過劉美竹的手機，放進自己背囊裏，然後就轉頭走了。

劉美竹嘟着嘴跟在陳季行身後。沒想到毒犯這麼狡猾，臨出發前一刻才通知她，還把她手機給沒收了。

劉美竹心裏說，哼，我身上還藏有另一部手機呢！

兩人轉入一條橫路。這條路不是交通主幹道，沒有巴士行經這裏，只偶然有私家車和一些貨車駛過。走了十多米，便見到路旁一輛灰色私家車，車尾燈閃了幾下，陳季行走快幾步，走到私家車旁邊，拉開了車門，喊了一聲「虎哥」。

車裏駕駛座上坐着一個穿着黑色風衣、戴着黑眼鏡的中年男人，正是香港毒犯錢阿虎。見到陳季行兩人，錢阿虎招了招手，又指了指後座，說：「上車！」

陳季行和劉美竹上了車後座，錢阿虎便開了車，劉美竹不斷偷偷瞟向錢阿虎，看他身型輪廓，分明就是那晚和陳季行一起出現在小公園的那個人。剛來走來的路上，陳季行一路吹牛皮，說虎哥如何厲害，如何壟斷了半個香港的毒品交易，很有錢。

　　劉美竹越聽就越恨這個人，他的錢越多，就代表着越多的人墮入了可怕的深淵。她知道自己臉色很不好看，怕讓錢阿虎見到起了疑心，所以盡量低着頭，裝出一副乖巧順從的樣子。

　　也幸虧劉美竹是學校話劇隊隊員，很有點演戲天分，否則以她心裏對眼前兩人的憤恨，真的能讓錢阿虎和陳季行察覺到什麼呢！

　　一路上，錢阿虎都沒有說話，車子行駛了大半個小時後，拐入一條橫路，靠邊停了下來。劉美竹看到有個路牌，寫着「涌邊路」三個字。

　　錢阿虎從皮包裏拿出一個透明的文件夾，文件夾裏有一份提貨單。他扭身看看坐在後座的陳季行說：「這是迅發貨櫃場的提貨單。貨物的寄存費我已經轉帳付清了，把提貨單給他們，就能把貨提

走。你們拿了貨以後，就僱一輛貨車開來這裏，我見了就會開車在前領路的，你讓司機跟着我車子就行。」

陳季行說：「虎哥，你不去嗎？」

錢阿虎把提貨單交到陳季行手裏，說：「今天提貨的事，你帶着劉美竹去，由你主導。今天我給機會你，看你辦事能力如何。如果能讓我滿意，以後給你派更重要的任務，讓你掙更多的錢。」

陳季行高興極了，還以為自己跟了虎哥幾年，虎哥終於給機會了。他根本不知道自己是在被人利用，萬一出了事就被拋出去當替死鬼，判刑坐牢。

劉美竹很聰明，她察覺到錢阿虎打的鬼主意。他分明是在提防着，萬一警方已注意到那批貨，提貨時就會人贓並獲，所以他躲在後面，讓兩個年輕學生替他衝鋒陷陣。

決不能讓他得逞！

這時，錢阿虎說：「那你們去吧！從這裏走路過去，往右轉，再走十來分鐘就是迅發貨櫃場。我在這裏等你們。」

「放心吧，虎哥。」陳季行說道。

「劉美竹，幹好這次，我把你欠的錢免了。你最好乖乖的聽話，否則，小心你弟弟少隻胳膊少條腿。」錢阿虎邊說邊用凌厲的眼神看着劉美竹。

劉美竹被錢阿虎盯得身上皮膚起了雞皮疙瘩，頭皮直發麻。這些長期跟毒品打交道的人，心腸都狠。

劉美竹低頭「嗯」了一聲，然後跟在陳季行後面走了。

陳季行瞟了她一眼，一副瞧不起的樣子，說：「膽小鬼。你比阿琪差遠了！要不是阿琪死了，虎哥肯定不會找你。」

劉美竹露出一副害怕樣子，但心裏一直想着辦法，如何通知警方，提貨的人馬上就到。如何提醒他們監控坐在涌邊路車子裏的錢阿虎，別讓他逃跑。還有，自己得想個方法讓錢阿虎也到提貨現場，好讓警方在現場把他抓到，令他無法逃脫法網。

陳季行見她不出聲，鼻子哼了哼，也就不再說話。這時，劉美竹突然按住肚子，說：「肚子好痛，哎喲，痛死我了！」

「你！」陳季行生氣地瞪着劉美竹，「廢物！真不該找你來的。」

「那裏有洗手間，我去一下，很快。」劉美竹沒等陳季行回答，捂着肚子飛一般地跑向路旁一個洗手間。

「喂，你站住！」陳季行急忙喊道，但劉美竹已經跑出老遠了。陳季行一跺腳，只好追着劉美竹跑了過去。眼看着劉美竹已經跑進了洗手間裏。

錢阿虎早前已跟陳季行強調過，看好劉美竹，不要讓她離開視線，單獨行動。說白了，就是對她不放心，怕她臨時退縮，或者向外傳消息。

「劉美竹！」陳季行一急，便想尾隨劉美竹衝進洗手間。

一個阿姨站在洗手間門口，大概是在等人，見陳季行一個男的竟然想闖女洗手間，眼睛一瞪便攔住了，說：「喂，你沒長眼睛嗎？這是女洗手間！」

陳季行無奈地站住了。阿姨在一旁金睛火眼地盯着他，讓他不敢再前進一步，只好快快地放棄了進去的念頭。他打量了一下，見到洗手間是獨立

的，建在路邊，左邊是女，右邊是男。陳季行繞着走了一圈，見到沒有別的出口，心想劉美竹除非長了翅膀，否則是跑不掉的。另外她的手機被收繳了，也無法向外傳訊息，想到這裏便放下心來，守在女洗手間門口等劉美竹。

陳季行哪裏知道，劉美竹身上還有一部手機，她躲在廁格中，拿出黎警司交給她的手機，撥了那個唯一的號碼，只響了兩聲就有人接了，對方正是楊奇。劉美竹盡量壓低聲音，把他們即將到達迅發貨櫃場提貨的事説了，還説了錢阿虎沒一起去貨櫃場，現正躲在涌邊路車子裏。

楊奇説：「好，我們馬上作出安排。我們會有同事保護你的，但你自己也要小心。如果有可能的話，找個合情合理的藉口離開，我們不希望你有哪怕一點點危險。」

劉美竹説：「我不怕！萬一發現有危險，我就馬上逃。我不能離開，萬一錢阿虎起了疑心，改變計劃不去提貨，那就抓不到他們了。」

劉美竹怕楊奇再説反對她去提貨的話，馬上收了線。

劉美竹打完電話就急忙走出洗手間，守在門口的陳季行見她沒什麼異樣，才放下心，罵了一句：「快走！誤了虎哥交代的事，你就死定了。」

劉美竹低頭裝害怕，沒再說什麼。

十多分鐘後，就看到了前面很醒目的五個大字——迅發貨櫃場。劉美竹很緊張，也很激動，一大批毒品將要被截獲，害人的毒販即將被抓，她終於可以為自己，也為許多被騙吸毒的人報仇了。

陳季行向貨櫃場大門口的護衞員出示了提貨單，護衞員看了看，給他們指了指辦公室所在位置，讓他們去那裏辦提貨手續。

迅發貨櫃場裏面很大很大，到處是疊得高高的貨櫃，辦公室就在離大門口不遠的地方，所以很快就找到了。

一名年輕女職員接待了他們，她接過提貨單，很快在電腦上查到了有關資料。

女職員仔細瞧了瞧電腦上的顯示，說：「不好意思，衞生署有通知，由於你們這個貨櫃的出發港口爆發疫症，這兩天從那個港口進入香港的貨櫃，全部要進行檢疫，徹底消毒後才能提走。」

陳季行頓時傻了，忙問：「啊，要檢疫消毒？那我們什麼時候才能提貨？」

女職員說：「這個不清楚，一切要等衞生署安排。不過聽說從那個港口運來的貨櫃很多，可能要等多些時間。你們先走吧，可以提貨的時候，我們會第一時間通知你們。」

女職員說完，又忙着接待別的顧客。

陳季行連說了幾聲「倒霉」，他拿出手機打了個電話給錢阿虎：「虎哥，提貨不順利……」

電話那頭的錢阿虎聽完，罵了句粗口，然後說：「那批變壓器不能留在那裏。不知道衞生署檢疫要仔細到什麼程度，要是過程中發現裏面藏着的東西，那就糟糕了。你們先別走，我馬上過去。」

陳季行收了電話，焦急地站在那裏等錢阿虎，旁邊的劉美竹心裏樂開了花。警察叔叔就是聰明啊，竟然想到了這個辦法，這下子，你錢阿虎想不出面都不行了。

錢阿虎很快來了，他去找了貨櫃場的周老闆，說是貨物如果不能馬上提走，就會誤了交貨日期，買家會向他索償，他要賠很多錢。他讓周老闆想想

辦法，讓他把貨提走。

　　錢阿虎萬萬沒有想到，根本就沒有對方港口爆發疫症這回事，這是警方設計讓他自投羅網，逼他出面來提貨。而周老闆已接受警方安排，配合警方做事。

　　周老闆一開始裝出很為難的樣子，後來又好像經不住錢阿虎的懇求，答應把錢阿虎貨櫃的到港時間更改，提早了幾天，讓他的貨物不在檢疫範圍，這就可以馬上提貨了。錢阿虎十分高興，他生怕周老闆反悔，急急忙忙就在變壓器貨櫃簽收人一欄寫上自己名字。這時，偽裝成貨櫃場員工的警務人員，立刻表露身分，搜查其簽收的貨物，結果檢獲一百塊磚狀可卡因毒品，重量達一百二十公斤，市值一億一千萬港元。證據確鑿，販毒分子被當場逮捕。

　　第二天，小嵐和曉晴曉星去見了劉美竹，為了保護她，毒品調查科安排了一個安全的地方讓她住下。

　　小嵐坐在劉美竹身邊，拉着她一隻手，說：「你這次配合警方立了功，黎姐姐會代表警方給出

建議，為你求情的。去戒毒所成功戒掉毒癮後，相信你可以回去上學讀書。」

劉美竹激動地說：「真的可以嗎？我真的可以回學校讀書？」

曉星說：「我覺得可以。黎姐姐說，你這次做得很好，因為你及時通知黎姐姐他們，他們才能預先想出辦法，引錢阿虎出來，當場把他逮捕。」

曉晴也說：「是呀！警方根據錢阿虎的口供，採取雷霆行動，查封了香港半數以上的涉毒場所，抓獲了大批毒販。美竹，你立大功了。」

劉美竹開心得哭了起來。

小嵐說：「好好活下去。黎姐姐說，她會向有關部門反映你的問題，讓有關部門儘快派人跟你養父母談談，提醒他們領養孩子之後應履行的責任。希望你養父母知道自己問題出在哪裏，對你改變態度。」

劉美竹眼淚嘩嘩地流，哭着說：「當我陷入絕境，找不到路時，我很渴望有一束光引領我走出黑暗，你們就是我生命中的那束光。」

小嵐遞了一張紙巾給劉美竹，用溫暖的眼神看

着她，説：「我們只是恰逢其會碰到了你，請來黎姐姐他們幫助你。是警方採取行動，截獲毒品，抓獲毒販，才有了你立功的機會。要謝，你最應該感謝香港警務人員。」

劉美竹點點頭，哽咽着説：「都要謝，都要謝。要感謝的人很多，今後我一定要好好的，要對得起所有幫助過我的人。」

第八章

爸爸去哪兒了

回烏莎努爾的前一天剛好是星期六，黎警司放假，她邀請小嵐和曉晴曉星中午去她家玩。

黎警司的家在西半山一幢大廈，坐電梯上了十九樓，一按門鐘，就聽到裏面傳來「啪嗒啪嗒」的腳步聲，很快裏面的木門就開了。奇怪的是，透過那道有着海豚圖案的通花鐵門，卻看不到開門的人。後來還是被下面一條粉紅色的裙子吸引了目光，原來打開門的是個小不點女孩子。

小女孩踮起腳尖，打開鐵門，笑嘻嘻地看着小嵐他們，小嵐三人頓時「哇」的一聲叫了起來：「好可愛啊！」

那是一個粉雕玉琢般的小女孩，大約四五歲，紅蘋果似的小臉，眼睛又亮又黑的就像兩顆黑葡萄。她張開小嘴，脆脆地喊着：「姐姐好，哥哥好！」

「小朋友好！」三人組急忙回應。

這時，黎警司走了出來，她笑着說：「童童，快請哥哥姐姐們進來！」

「好！」小女孩童童應了媽媽一聲，就很有禮貌地請小嵐他們在沙發上落座，又自我介紹，「我是童童。」

「童童好！」小嵐三人又分別向童童作自我介紹。

童童蹬蹬蹬地跑來跑去，拿來了很多巧克力呀小餅乾呀等零食，請哥哥姐姐吃。

「瑪莉婭，給客人倒茶。」黎警司吩咐完外籍家庭傭工又說，「童童知道有哥哥姐姐來作客，高興極了，一大早就起來等着，還總問你們什麼時候來到。」

童童聽到媽媽說自己，調皮地朝媽媽眨了眨大眼睛，然後就向哥哥姐姐介紹起她的小伙伴——一大堆毛絨公仔。

「這是泰迪熊，它的胸口上有一個愛心型的口袋，可以放東西的，這個給小嵐姐姐玩；這是小鱷魚，它有名字的，它叫貝貝。貝貝有一條很可愛的小尾巴呢！貝貝給曉晴姐姐玩；這是大黃鴨，這個

給曉星哥哥，曉星哥哥你可以騎在大黃鴨背上，我經常騎的……」小嘴「劈里啪啦」的說着，然後自己拿了一隻小海豚摟着。

看見每個人都有了一個玩具，童童滿意地點了點頭。

黎警司用寵愛的目光看了女兒一眼，然後對小嵐他們說：「你們先和童童玩，今天包餃子，皮和餡都弄好了，我包好了就下鍋。」

小嵐興致勃勃地說：「黎姐姐，我們幫你吧，我們也會包餃子。」

黎警司也不跟他們客氣，笑着說：「好啊！那我把東西拿出來，咱們一起包。」

曉星是湊熱鬧玩兒的，他一會兒把餃子捏成鴨子狀，一會兒又捏成個豬頭，反正就是怪模怪樣的，惹得黎警司捧腹大笑。

人多力量大，餃子很快就包好了。童童拿了一團麵粉，坐在一旁用小手捏呀捏的，小嵐瞧了一眼，忍不住驚訝地「咦」了一聲。

小女孩竟用麵粉捏出了一隻造型可愛的小雞！她一邊捏，還一邊唱兒歌：「嘰嘰嘰，嘰嘰嘰，我

是一隻小小雞。嘰嘰嘰，嘰嘰嘰，我會捉小蟲子，我愛吃大白米。嘰嘰嘰，嘰嘰嘰，我最喜歡唱歌玩遊戲……」

曉晴和曉星注意到小嵐的目光，也看向童童，見到她捏的那隻小雞，都不約而同地喊了起來：「童童好厲害！」

小嵐驚訝地拿起小雞，說：「童童，誰教你的？」

童童笑嘻嘻地說：「我爸爸喜歡用木頭雕小動物，我看多了，就會了。看，這些都是爸爸雕的。」

童童帶着三個哥哥姐姐，走到一個櫃前，指着裏面用木頭雕成的小動物，有豬、有鴨子、有小熊、有小羊……小動物每隻都有鴨蛋大小，全都活靈活現，胖嘟嘟的，十分可愛。

「如果爸爸在就好了，讓他做一隻給你們看。」童童有點遺憾。

小嵐把那些木雕逐一細看，嘴裏不由得嘖嘖稱讚着，她隨口問：「你爸爸今天還要上班嗎？」

「爸爸到國外公幹，已經好長好長時間了，媽媽說，爸爸完成任務就會回來。姐姐，我每天都好

想爸爸呢。」童童說到這裏，突然紅了眼睛。

小嵐嚇了一跳，心想自己問了不該問的事，讓小女孩傷心了。她忙安慰道：「童童乖，你爸爸很快會回來，每天陪在你身邊的。」

童童抽了一下鼻子，說：「媽媽也是這樣說。」

小嵐趕緊說了別的事，幸好這時黎警司端了一盤熱氣騰騰的餃子出來，及時結束了之前的話題。

自己親手做的餃子，吃起來也分外美味。曉星包的那些雖然奇型怪狀，但因為餡料很美味，吃起來也很好吃。這令到曉星的尾巴又翹了好多次。

在黎警司家待到傍晚才離開。吃了一肚子的餃子，大概晚飯也不用吃了。

童童跟着媽媽，把哥哥姐姐送到電梯口，直到他們進了電梯裏，還不住地朝他們揮手。

童童拉着媽媽的手回到屋裏，突然聽到接收訊息的提示音：「是爸爸，是爸爸發信息來了！」她兩眼發光、喜笑顏開，跑去拿起桌子上一部小巧的手機。

但她很快又嘟起了小嘴：「不是爸爸。是幼稚

園的小琳問我吃飯了沒。」

　　看着女兒黯然的臉色，黎警司臉上湧出一絲內疚，她摸着女兒的小腦袋，説：「別難過，爸爸會給你發信息的。」

　　黎警司拿起電視機遙控器，説：「動畫廊時間到了，童童不是很喜歡看那部《小東東走天涯》嗎，媽媽找給你看。」

　　「謝謝媽媽。」

　　見到女兒開始專注地看動畫片，黎向明走進自己臥室，打開了牆角一個小保險櫃，從裏面拿出一部手機。

　　她打開通訊軟件，迅速地在上面寫字：「童童，我是爸爸。今天做些什麼了？乖不乖？爸爸愛你。」

　　然後按了發送。

　　很快，聽到客廳裏響起了童童驚喜的聲音：「媽媽快來！爸爸給我發信息了！！」

　　「哎，我就來！」黎向明眼眶一紅。

　　童童爸爸去了一個不能説的地方，正在做一件連女兒也得瞞着的事。

第九章

背起小背囊，出發

第二天，小嵐三人搭飛機回到了烏莎努爾。女管家瑪亞早就讓人安排好了一切，他們洗了個舒舒服服的澡，然後就到了飯廳，因為這時已是晚飯時候了。

瑪亞向小嵐稟告，國王陛下很快會到達，跟他們一起共進晚餐。

「耶！」曉星首先發出歡呼。

曉晴也比了個開心的手勢。

小嵐聽了沒吭聲，只是笑得眼兒彎彎，還以為要明天才可以見到萬卡哥哥呢！

三人在飯廳用手機玩成語遊戲，還沒玩完一局，飯廳的門就被敲響了，站在門邊的小宮女拉開門，國王陛下走了進來。他眼睛一掃，清澈明亮的目光落在小嵐身上，喜悅的心情暴露無遺。

「萬卡哥哥！」三人組站了起來，一齊喊道。

「坐，跟我還客氣什麼。」萬卡笑着說，一邊脫下西裝外套，交給了跟在身邊的侍衞。

萬卡坐到了主位上，笑瞇瞇地問道：「聽說你們這次回香港，幫助香港警方打擊罪案，做了不少好事。等會兒吃完飯，得給我好好說說。」

黎向明警司特地打了個電話給萬卡國王，給他說了三人組協助破案的事，並向萬卡國王致謝。萬卡嘴上謙虛，但心裏卻樂開了花，他的小公主就是了不起。看，放假回一趟香港，也能協助破獲毒品案。

曉星早就想跟萬卡哥哥說他們在香港做的威風事了，聽到這話，恨不得馬上說個痛快，只是這時一隊侍女已經走進來，把手裏的菜餚一一放在餐桌上。美食當前，曉星暫時放下滿肚子的話，先飽了口腹再說。

吃完飯後，他們坐到了飯廳一角的沙發上，曉星眉飛色舞地給萬卡講述了緊張精彩的緝毒破案經過。小嵐和曉晴不時插話，給補充完整。

萬卡聽得入神，隨着他們的敍述，一會兒緊張激動，一會兒拍案叫好。末了，他神情凝重地說：

「看來，毒品在全世界來說，都是一個有待解決的大問題。有些人為了錢，不惜鋌而走險，做違法的事。現在各國抓獲的毒販大都是經銷商，要想從源頭抓，抓製造商，直搗毒窟，這極不容易。」

小嵐問：「烏莎努爾毒品問題嚴重嗎？」

萬卡點點頭，說：「算嚴重。我國流入的毒品，都是來自我們的鄰國棉林國一個製毒、販毒集團。這個集團的頭目是國際大毒梟津武，津武一向活躍在銀三角一帶。」

曉星好奇地問：「什麼是銀三角？」

萬卡說：「銀三角是烏莎努爾、棉林國和沙甸國交界地區，那裏好些地段的歸屬不很明確，所以成為了『三不管』地區，即三個國家都管不着。津武就利用了這一點，在那裏建立了很多製毒工場，大肆進行製毒販毒活動。在津武的控制下，一些村落整條村的人都參與製毒。村民對外全都瞞得嚴嚴密密的，絕不會洩露秘密，所以搗毀製毒工場一直很困難。」

小嵐說：「黎姐姐說過，香港的毒品，絕大多數也是來自棉林國津武的販毒集團。」

「據說全世界有五分之一的毒品，都是出自這個大毒梟手裏。」萬卡又說，「天網恢恢，相信這些人最終都難逃法網。」

「對！」三個孩子都點頭贊同。人在做，天在看，做壞事的人最終是沒有好下場的。

這時小嵐拿出個小布偶送給萬卡：「萬卡哥哥，這小布偶送給你。它有名字的，叫『咪仔』，是香港毒品調查科為配合禁毒宣傳而設計的。」

「設計得很有心思。」萬卡接過小布偶，低頭研究着。

小嵐說：「萬卡哥哥，你猜猜，這個布偶為什麼起名叫咪仔？」

萬卡笑了笑，說：「哈哈，小嵐想考我呀！咪仔，諧音是『咪制』，即廣東話的『不要答應』。完整意思就是通過這小布偶提醒我們，拒絕誘惑、遠離毒品。」

「全對！」曉星拍着手，語氣誇張地說，「萬卡哥哥，全說對了。你真是才華橫溢、才高八斗、學富五車、見識多廣、聰明蓋世……」

「哎呀，別都說了，留點給我嘛！」曉晴打了

曉星一下，接着説道，「萬卡哥哥就是聰明伶俐、精明能幹、足智多謀……」

「打住打住！」萬卡哭笑不得，他打斷了曉晴的話，説道，「幾個小屁孩，這樣使勁地拍哥哥馬屁，該不是又有什麼事求我吧？」

曉星驚道：「萬卡哥哥，你是神仙嗎？怎麼一猜就中！」

一不小心，又拍上了！

萬卡指着曉星，有點忍俊不禁。

萬卡把咪仔掛在自己的公文包上，看了看手錶説：「晚上還有些事要處理，我得走了。明晚我會過來，你們有話到時跟我説。」

他又伸手摸摸小嵐的頭髮，説：「旅途辛苦，早點睡。」

小嵐説：「萬卡哥哥也要注意休息。」

都這麼晚了還要處理公務，萬卡哥哥才是真辛苦。

萬卡笑着點點頭，「嗯」了一聲。

萬卡猜得不錯，三人組真的有事要求他呢！

從香港回來的飛機上，他們就一直商量着一件

事。

小嵐説：「老師之前説過，過些時候可以自行組合出外一個星期，做一份有關環保的調查報告。不如我們去一趟勛山採訪，寫一份有關『山林綠植對大自然的貢獻』的調查報告，好不好？」

「去勛山？」曉晴眨着眼睛，想着去勛山完成作業的可行性。勛山是世界知名的山脈，橫跨幾個國家，其中包括烏莎努爾和棉林國。勛山物產豐富，的確是調查研究山林綠植的好地方。

聰明的曉星卻馬上眼睛一亮，明白了小嵐的用意：「小嵐姐姐，你是醉翁之意不在酒？」

小嵐嘿嘿笑着：「不，我是希望一舉兩得。」

「醉翁之意不在酒？一舉兩得？除了寫調查報告還有什麼可以做的，順便去旅遊？」曉晴大眼睛骨碌碌地轉着。

曉星説：「不不不。姐姐你忘了嗎？黎姐姐説過，這次香港警方破獲的變壓器藏毒案，那些毒品很可能來自棉林國勛山附近，荒山野嶺是最能匿藏行蹤的，説不定大毒梟的製毒工場窩就藏在勛山裏呢。如果我們能找到這些製毒工場，那就可以為民

除害了！」

「啊！」曉晴一臉的興奮，但隨即又潑了冷水，「不過這等於大海撈針啊！即使製毒工廠真是在勛山，但勛山那麼大，我們怎麼找？」

小嵐説：「沒關係，碰碰運氣吧！即使真的找不到，我們也可以寫出一份很棒的調查報告。我們還可以採些植物標本回來，送給學校的科學館。」

宇宙菁英學校設有一個很有名的科學館，裏面設有「奇妙的大自然」、「太空探秘」、「人體奧妙」等多個展館。

曉晴和曉星都不約而同地點頭，這計劃聽起來很棒啊！如果真能查到毒犯的一點蛛絲馬跡，那就更好了。

曉晴有點擔心：「我想，萬卡哥哥一定不放心我們幾個人去那裏的。」

小嵐説：「回去以後，我們想辦法説服他。到時，我們使出渾身解數，拍馬屁、懇求、威逼……」

曉晴説：「撒嬌，賣萌！」

曉星説：「裝瘋賣傻，撒潑打滾……」

三個人一齊：「哈哈哈哈哈⋯⋯」

沒想到，真是「出師未捷身先死」啊，第一波拍馬屁攻勢，一下就被萬卡哥哥識穿了。

不過，我們厲害的三人組不是那麼容易放棄的。第二天晚飯後，三人組向萬卡國王展開了新一輪攻勢，一開口，就被國王果斷地拒絕了。開什麼玩笑，三個小屁孩去勛山那麼複雜的地方，他怎麼放心得下。

三人組好話、醜話、威逼的話，說了一大堆，但國王全都不為所動：「別費口舌了，今天，我要做一個專制的國王。」

「萬卡哥哥～～」沒辦法了，三個小屁孩使出最後殺手鐧，一個摟腰，一個抓右胳膊一個抓着左胳膊，一起搖晃着萬卡國王，「萬卡哥哥，答應吧，答應吧！」

萬卡哥哥果然是心軟的，他歎了口氣，說：「好吧！不過，我不能讓你們自己去亂跑亂闖。我有個朋友，他在勛山腳下的一個小鎮上做大夫，我找找他，如果他答應照顧你們，我就讓你們去。」

「哇，太好了！萬卡哥哥萬歲！」萬卡的話引

起一陣歡呼。

萬卡哥哥果然爽快，他立即拿出電話，聯絡了那個大夫朋友。朋友馬上就答應了，事情得以完滿解決。

萬卡哥哥説：「我朋友叫阿西，和我在孤兒院一起長大的，年紀跟我差不多，你們叫他哥哥就行。」

小嵐三人聽了有點發愣，孤兒院一起長大的朋友？他們這才想起，身為一國之君的萬卡哥哥，曾經有過的那段複雜、坎坷的身世經歷，父親被偷換身分變為平民，後來又被害身亡，萬卡小小年紀就成為孤兒，在孤兒院長大……

萬卡哥哥真是很不容易呢！可鄰的萬卡哥哥。

「你們什麼眼神？」萬卡沒想到三個小屁孩一下子想到了那麼久遠的事，所以不知道他們眼裏為什麼會露出憐憫、疼惜的神情，便説，「怎麼啦，不想去了？好，我馬上打電話給阿西，把安排取消了。」

説着，還作出要拿手機出來的樣子。

「別別別！」嚇得三個人急忙制止。

半個月後，小嵐三人組出發了。他們拒絕了萬卡哥哥派人護送的好意。咱們仨穿越時空回到過去、去未來，什麼地方沒去過，區區一個邊境小鎮，還用人護送嗎？

　　背起小背囊，出發！

第十章

小鎮大夫阿西

阿西大夫所在的小鎮叫金沙鎮，因為位置偏僻，沒有飛機直達，所以小嵐三人在附近城市下了飛機後，還得坐兩小時的旅遊大巴才到達目的地。

小嵐三人組一下車，就看到一個長相很陽光的大哥哥，笑着朝他們走過來。

雙方好像一眼就認定了對方，誰叫三人組小美女小帥哥那麼耀眼，誰叫大哥哥身上有個能證明身分的出診小藥箱。

阿西走近，笑瞇瞇地説：「你們好！我是阿西。」

三人組異口同聲地喊：「阿西哥哥好！」

阿西看上去二十多歲的樣子，長相英俊，一副爽朗大方、和藹可親的樣子。

小嵐之前跟萬卡説過，不要跟阿西透露她的公主身分，所以阿西只知道他們仁是萬卡的朋友。當

下互相介紹過名字後，阿西拿過小嵐和曉晴的行李箱，一手拖一個，又抱歉地對曉星說：「曉星，你的箱子要自己拿了。」

曉星拍拍胸脯，說：「當然，我是男子漢！你幫我兩位姐姐就行了。」

阿西笑着點點頭，然後說：「你們就住到我家。今天就不出去玩了，晚上睡個好覺，明天我帶你們上山。」

「好！」三人組乖乖應道。

萬卡哥哥已經說了，到了金沙鎮，一切要聽阿西哥哥的，否則馬上遣返。所以一定要乖啊！

阿西的家是一幢三層的小樓，每層有一千多尺，樓下用作診所，二樓有客廳、飯廳和廚房、儲物室。三樓有五個房間，目前阿西用了兩間，分別作書房和卧室，餘下三間都是客房，小嵐和曉晴照例兩人住一起，曉星就自己佔了一間。

二層和三層雖然陳設簡單，但布置很雅致，而且很乾淨整潔，真不愧是大夫住的地方。

阿西帶他們參觀了診所，掛號處、候診大堂、診症室、藥房等地方，當小嵐他們發現診所門口掛

了個牌子，上面寫着「大夫有事，提早兩小時關門」時，都覺得很不好意思，覺得給阿西哥哥添麻煩了。阿西卻滿不在乎地擺擺手，説：「別跟我客氣，你們的萬卡哥哥幫過我很多，比起接待你們這點事，簡直是小巫見大巫。」

小嵐擔心地説：「那你明天帶我們上山，診所怎麼辦？病人來了怎麼辦？這樣可不好。」

曉晴説：「是呀，不如我們自己上山好了。」

曉星也説：「對。我們三個不是小孩兒，我們不會迷路的。」

阿西笑着説：「你們別跟我客氣。放心吧，這些事我會處理好的。明天我會貼張告示，讓鄉親們有需要可以晚上來找我看病。」

「啊，那你太累了！」小嵐喊了起來。

白天陪他們爬山，晚上還要看診，多辛苦啊！

阿西擺擺手，説：「沒事。我年青，身體好，沒問題的。」

阿西哥哥真好。

阿西帶小嵐他們去參觀院子裏的藥圃，他一臉驕傲的介紹着自己種的草藥：「這是決明子，又名

草決明、假綠豆，乾燥成熟種子可以入藥。治療便秘，能降血壓降血脂；這是鴉膽子，又名苦參子、老鴉膽，成熟的果實可以治阿米巴痢疾、瘧疾等病症；這是女貞子，用於治療陰虛內熱，頭暈，耳鳴，腰膝痠軟等症……」

阿西一路走一路說着，如數家珍。看得出，他是多麼珍惜這些藥材，多麼熱愛自己的工作。

小嵐跟萬卡學過些中醫，也認得不少中藥，知道不少中藥的功效，所以能跟阿西有很多共同語言，這讓阿西更加開心。

參觀完，小嵐他們回客房洗澡換了乾淨衣服，出來後就聞到二樓傳來一陣陣炒菜的香味，跑去一看，原來阿西正在廚房裏做晚飯。

已經炒好的一盤野山菌，還在滋滋地冒着熱氣，大鐵鍋裏在炒着鮮嫩的竹笋，流理台上還放着一大盤洗好的野菜。一籃子鮮紅欲滴的野果，放在一邊，那是準備飯後吃的吧。

阿西是個有心人，聽萬卡說小嵐他們是來採寫有關山林植物的研究報告，所以就特地準備了一頓純野生的菜餚、水果，讓他們好好嘗嘗。

爐子上一個湯鍋在噗噗噗地噴着熱氣，發出的氣味還挺香的，阿西說：「這是給你們煲的山蓮藕湯。山蓮藕也是山上的植物。」

「山蓮藕？」曉晴好奇地問，「蓮藕不是長在荷塘裏的嗎？怎麼長山上了？」

阿西說：「山蓮藕跟荷塘裏的蓮藕不一樣，只是因為它的外形跟蓮藕有點相近，而且也一樣能煲出好喝又有營養的湯，所以被人叫作山蓮藕，其實山蓮藕最常用的名字是牛大力。牛大力的藥用價值很高，能清熱止咳，強筋健絡。」

曉星聽着有點興奮：「哇，牛大力湯，那我待會要多喝幾碗了。喝了力氣大。」

阿西笑着說：「牛大力的確強筋健絡。在海南省海口甲子鎮，至今還流傳着牛大力的傳說呢！」

「什麼傳說？我們要聽我們要聽。」好奇小朋友曉星一聽，就央求阿西哥哥說故事。阿西娓娓說道：「相傳在很多很多年前的甲子鎮，有一年因為百年不遇的颱風，樹木、房屋盡毀，莊稼也因此顆粒無收。鎮上的人都不得不挨飢忍餓，淒苦度日。鎮子裏有一個善良的少年名叫阿牛，阿牛是個孤

兒，家中只有一頭老牛相伴。突如其來的災難，讓阿牛雪上加霜，不但自己沒吃的，老牛也餓得皮包骨頭。阿牛雖然不捨老牛，但無奈之下也只得將牠趕出家門，希望牠能在外面尋到食物，不致於餓死。沒想到過了十幾天，老牛突然跑回來了，牠比離開時胖了些，整條牛精神奕奕的。牠嘴裏銜着一截不知名的細細長長的植物根莖，放到了廚房那個已經很久沒用過的鍋裏。阿牛見了，知道是老牛讓他吃了這根莖，便將根莖煮熟吃了，口感還不錯，有種特有的甘香。阿牛吃了以後肚子不餓了，身上也馬上有了力氣。於是，阿牛每天跟隨老牛挖根莖，帶回來分給鎮上其他人吃，就這樣幫助大家度過了那段最艱難的日子。人們感謝阿牛和老牛的救命之恩，便把這植物根莖命名為「牛大力」，從那時候起，吃牛大力補身子，也成為了人們的一種習慣。據說，廣東省陽江市現在每年都會舉辦『牛大力文化節』呢！」

　　曉星聽完故事便摩拳擦掌的，作出一副馬上要喝幾大碗牛大力湯的姿態。而吃晚飯時，他也真的喝了幾大碗，結果……半夜頻頻上洗手間。

第十一章

孩子，你為什麼哭

山村小鎮的清晨，大公雞「喔喔喔」地叫了起來，叫出了太陽，喚起了小鎮居民，沉寂了一夜的小鎮也被叫醒了。小鳥的啼聲，家禽的叫聲，父母們呼兒喚女的聲音，構成了一首充滿生活氣息的晨曲。

小嵐睡了一夜的好覺，已經醒了，只是賴在牀上不想起來。

突然，房門外響起了一連串高亢的雞叫：「喔喔喔喔喔……」

「死曉星！」躺在小嵐身旁的曉晴使勁捶了一下身下的牀。

果然！雞叫聲變成了人聲：「喔喔喔喔喔，姐姐起牀囉……」

「死小孩，住嘴！」小嵐大聲說。

曉星「哦」了一下，然後，沒聲了。小嵐和曉

晴互相看了一眼，心裏都在想，怎麼這麼聽話？往日，他可是鍥而不捨的，非要把姐姐們叫起來才肯罷休。

當小嵐和曉晴起牀梳洗完，下樓到了客廳時，見到曉星坐在餐桌前大快朵頤，才知道他之所以那麼快就「收兵」，原來是燒雞腿在召喚。

曉星嚥下嘴裏的一口肉，才說：「阿西哥哥已經吃過了，他去了一個病人家裏看診。那個病人本來是約了今天來覆診的，因為阿西哥哥要陪我們上山，他怕耽誤了病人病情，所以一早起來去病人家了。」

小嵐聽了，覺得挺內疚的，說：「看來我們的到來，給阿西哥哥添不少麻煩呢！」

曉晴和曉星不約而同點着頭，曉星說：「剛才我在門口碰見了隔壁老婆婆，老婆婆知道我是阿西哥哥的客人，熱情極了。她告訴我，阿西哥哥是遠近聞名的好大夫，醫德好，醫術也高明，這小鎮上的人沒有不敬重他的。」

小嵐點點頭，能跟萬卡哥哥做朋友的，都沒有凡人啊！

曉星又指指碟子裏的雞腿，說：「姐姐你們快吃，雞腿是老婆婆給的。婆婆家在鎮子上開了一家快餐店，這燒雞腿是店裏的招牌菜呢！」

小嵐本來不想在大清早吃那麼多肉，聽到曉星這樣說，也忍不住拿起一隻來啃。果然不錯哦，又嫩又美味，跟嫣明苑大廚相比，也不遑多讓呢！看來「高手在民間」這句話，真是至理明言。

小嵐三人吃好早餐，阿西哥哥也回來了。他笑瞇瞇地說：「我們出發吧！」

「好啊！」於是三個人一人背一個小背簍，跟着阿西出門了。

這時小鎮的街道已經十分熱鬧，大人騎着自行車上班，小孩子背着小書包上學，不時有一羣羣的雞鴨鵝，排着整整齊齊的隊伍橫過馬路，被主人帶往池塘或者山上，向大自然尋覓食物。

阿西指着不遠處一條蜿蜒向山上延伸的小路，說：「我們就從那條路上山……」

阿西話還沒說完，突然有個人從後面追了上來，一把抓住阿西的衣襬，說：「江大夫，江大夫，快，快，我妻子出事了！」

正在走路的四個人嚇了一大跳，回頭一看，一個年約四十多歲的男人，喘着大氣，臉色慘白，眼裏滿是驚惶。

「袁叔，發生什麼事了？」阿西看來認識那人，停下問道。

「阿秀趕鴨子去池塘，半路被一輛牛車撞倒了……」

「啊，那快走。我先回去拿藥箱！」阿西跑了幾步，又想起了小嵐幾個，忙停住腳步，抱歉地對他們説：「對不起！我得去看看傷者。你們先在小鎮上走走，我處理完了，就帶你們上山。」

小嵐説：「救人要緊，你快去吧！我們自己到處逛逛。」

阿西點點頭，就拉着那個男人，拔腿跑了。

跑了幾步，阿西又停下來，回頭喊道：「你們不要自己上山。這裏山勢起伏，是網絡訊號盲點。萬一你們迷路了，又沒辦法聯絡我，就很麻煩。」

「知道了！」三個人一齊回答。

小嵐三人站在路上，你看我，我看你，曉晴説：「怎麼辦？就在這小鎮逛嗎？」

曉星眨眨眼，説：「不如我們上山走走，就在附近，不走遠。阿西哥哥去救人，也不知道情況是否嚴重。我們在這裏時間不多，浪費不起呀！」

小嵐想了想，點點頭：「好，我們不走遠。阿西哥哥已經給我們指路了，我們就從那條山路上去採集標本。」

「嗯。」曉晴沒異議。

「好，那就出發！」曉星一揮手。

勛山山青水秀，空氣清新，走在山路上，聽着啾啾鳥鳴，心情格外好。勛山上植物果然種類豐富，他們一路上搜集到了不少植物，有些還是沒見過的，這讓他們很有成功感。

途中他們見到幾處座落在山上的村莊，走進去時，見到的都是安定祥和的景象，村民都十分友善，有個伯伯還送了他們幾根甘庶解渴呢！

「這裏肯定沒有製毒工場。」曉星斷言道。

曉晴説：「我也覺得是。」

難得這「包頂頸」的兩姐弟意見一致。

小嵐也點頭認同。如果這裏的村民涉嫌製毒，就不會有這樣好的氛圍了。小嵐心裏其實很希望他

們走過的村莊都沒有牽涉毒品，實在不想這麼美麗的地方沾染了罪惡。

三人繼續前行，沉浸在美好的大自然裏，他們不知不覺走遠了。

小嵐嚇了一跳，說：「糟糕，得馬上回去了。要不阿西哥哥找不到我們，會很着急的。」

大家趕緊往回走。

小嵐四處張望着：「不知有沒有近路可走。」

曉星手搭涼棚眺望，突然，他看到不遠處有一條小山溪，山溪旁邊蹲着一個小男孩，他扭頭對兩個姐姐說：「那邊有個小男孩，我們可以向他問問。」

「好。」小嵐和曉晴也看見了那個小男孩。

一行三人朝小溪走去。走近時，他們才發現那個小男孩低着頭，在哭呢！

三人互相看了看，然後走到小男孩跟前，小嵐蹲了下來，小聲問道：「小朋友，你叫什麼名字？你為什麼哭呀？需要幫忙嗎？」

小男孩抬起頭，他看上去大約五六歲，小臉尖尖的，眼睛很大。他的身體瘦瘦小小的，一件打了

補釘的衣服穿在身上顯得空空蕩蕩，看上去嚴重缺少營養的樣子。此刻，他滿臉淚水，眼睛都腫了，顯然已經哭了很久。

小嵐三個人看着他，心裏都很難受。

這麼小的孩子，不是應該被父母摟在懷裏，如珠如寶、呵護備至的嗎？怎麼一個人躲在這裏哭，這麼可憐，如此無助。

小男孩看着他們，黯淡的眼神頓時亮了亮，他急急地說：「哥哥姐姐，我叫康康。你們真的願意幫我嗎？」

「嗯，我們願意幫你。」小嵐點點頭，用很肯定的口吻說。

小男孩一把抓住小嵐的手，說：「姐姐，救救我爸爸！你們救救我爸爸好嗎？」

「你爸爸怎麼了？」小嵐問道。

「我爸爸病了，躺在牀上不能動。你們能救他嗎？」康康聲音哽咽着，「我跑出來想找大夫，但是我不知道大夫在哪？我不知道怎麼找大夫。」

小嵐一聽，急忙把康康拉起來，說：「你家在哪兒？我去看看你爸爸。」

康康站了起來，大眼睛亮晶晶的：「姐姐，你是大夫嗎？」

小嵐說：「我不是大夫，但是我懂得治一些普通的病，看看能不能幫上你爸爸。」

康康把小嵐的手抓得緊緊的，像是怕她跑了：「太好了，姐姐懂治病，懂治病就是大夫。姐姐，快跟我來。」

康康拽着小嵐的手就跑。

走了有差不多半個小時，見到前面有個村莊，村莊還有圍牆圍着。村莊的路口，隱隱約約見到有幾個人守着。

康康沒從村口進去，而是沿着圍牆跑了一會兒，然後停了下來。圍牆邊堆了一大堆乾草，康康蹲下來，用小手扒開乾草，馬上見到圍牆的下方露出了一個洞。

康康蹲下身子，鑽進小洞裏，一下子就穿過了圍牆。他回頭小聲對小嵐說：「姐姐，快，學我這樣，就可以進來了。」

小嵐有點愕然，不知康康為什麼不走村口，而是要從這小洞鑽進村子，不過還是按他說的，蹲下

來慢慢地從洞口鑽了進去。洞口不大，小嵐身材這麼纖細的女孩，也是僅僅可以通過。

曉晴和曉星的身材跟小嵐差不多，所以也都從洞口鑽進去了。康康又用乾草把洞口擋住，如果不小心看，根本看不出那裏有個洞。

「姐姐，跟我來。」康康拉着小嵐的手，急急地朝村裏走去。

村子裏靜悄悄的，路上沒有碰到一個人，路過的房子也很安靜，沒有一點人聲，好像沒有住人的樣子。

小嵐問：「康康，你們這村子有名字嗎？村裏的人去哪了？」

「我們這裏叫重泰村。」康康指了指一個方向，說：「叔叔伯伯白天都在那邊工廠做工呢，晚上才回來！」

曉星問：「做工？哇，厲害。原來你們這裏有工廠。你們工廠是生產什麼的？」

康康困惑地想了想，搖搖頭：「我不知道。」

小嵐又問：「你剛才說，叔叔伯伯都去做工了，那其他人呢？怎麼沒見到？」

康康説：「我們這條村分東村和西村，這邊是西村，住的都是在工廠上班的人。其他嬸嬸阿姨，還有婆婆，老爺爺，小孩子，都住到東村去了。」

這時來到了一座孤零零的小屋子外面，小屋子外牆是用泥巴糊的，露出不少縫隙，相信每當颱風下雨，屋子裏的人都會遭殃。

康康推開那扇油漆脱落了大半的木門，喊道：「爸爸，爸爸，我帶大夫來給你看病了！」

小嵐三人跟着康康走進去，只見屋裏陳設十分簡單，而且全都破破爛爛的。屋裏牆角處有一張牀，牀上躺着一個人，估計就是康康的爸爸。

康康的喊聲並沒有驚動牀上那人，他一動不動地躺着，悄無聲息。

小嵐和曉晴曉星只感到觸目驚心。這是個四十多歲的男人，全身瘦到不似人形，裸露的皮膚全都潰爛流膿，渾身散發着極難聞的氣味；小嵐大驚，這是典型的長期吸毒者的狀況啊！蔓延四肢的潰爛，分明就是經常用針筒注射毒品造成的。

男人一動不動地躺着，如果不是可以隱約見到他的胸膛還在微微起伏，真以為這是一個死人。

曉晴和曉星都嚇得停住了腳步，小嵐毫不猶豫地走到牀前，伸手抓起那人的手，搭上兩根指頭，屏心靜氣地給他把脈。脈博十分虛弱，看來已是病入膏肓了。

第十二章
被困小石屋

　　康康用崇拜的眼神看着小嵐把脈的動作，這小姐姐真的是大夫啊！

　　幾年前村裏發生傳染病，村子裏不少人病倒了，康康的媽媽和妹妹也病了。病毒來勢洶洶，傳染性強，大夫都不敢進來。有些平時身體就不好的村民陸續去世了，其中就包括了康康的母親和兩歲的小妹妹。後來，是山下小鎮裏一個大夫哥哥知道了這事，他冒着被傳染的危險，背着藥箱上了山，日以繼夜、不眠不休地治病救人，終於把病人全部救了回來。康康也是被救回來的其中一個。

　　眼前這個小姐姐治病的手勢，專注的眼神，跟那位大夫哥哥一個樣呢，小姐姐一定能救回爸爸的。康康心裏充滿了希望。

　　小嵐把完脈，又翻了翻病人的眼皮，然後轉過臉來看着康康。康康用喜悦的眼神看着小嵐，問

道：「姐姐，你能治好我爸爸的病，是不是？」

　　小嵐不忍心打擊小孩的小心靈，想了想說：「康康，姐姐醫術不精，沒法治你爸爸的病。不過，我認識山下一位很出色的大夫，他會有辦法的。我現在就去請他來。」

　　康康聽到小嵐說沒法治好爸爸的病，小臉一下子變得驚惶起來，但又聽到小嵐說能幫忙請來出色的大夫，又鬆了口氣，他馬上點着小腦袋，說：「姐姐，那就謝謝你了，請您幫我把那大夫請來吧！我跟你們一塊下山。」

　　小嵐自從來到康康家，就沒見到有其他人，便問道：「康康，你家裏其他人呢？」

　　康康愣了愣，眼睛頓時紅了，他低下頭說：「沒有其他人了，就我跟爸爸。媽媽和小妹妹病死了。」

　　小嵐鼻子一酸，眼眼變得濕潤。可憐的孩子，還這麼小，就經歷這麼多苦難，她忍不住問：「那平時誰照顧你？」

　　康康好像有點不理解，他抬頭看着小嵐，說：「我不用人照顧，我還能照顧爸爸呢！我會給爸爸

煮飯、餵飯，給爸爸擦身子換衣服⋯⋯」

小嵐的眼淚唰地一下流出來了。年紀還那麼小的小孩，瘦瘦小小的肩膀，就得挑起這麼沉重的負擔！這孩子，懂事得讓人心痛。她一把摟住康康，眼淚撲簌簌地掉到小男孩肩膀上。她心裏更加痛恨那些毒犯，這些喪盡天良的人，為了掙錢，害了多少人，害了多少家庭啊！

「姐姐不要哭，不要哭。」康康惶恐地看着小嵐，不知道她為什麼哭，他伸出小手，替小嵐擦眼淚。」

小嵐看了看牀上的病人，覺得還是有人守在身邊好點，便說：「康康，你就留下來照顧爸爸。我們去請大夫。」

康康看了看爸爸，他其實也放心不下，便點點頭說：「姐姐，那就麻煩你們了。你們還是從那個小洞洞出去，不要從村口出去。我們村裏有規定，村裏人不能隨便出村，村外的人也不能隨便進村。如果讓人看見了，會抓你們的。」

曉星很奇怪：「康康，這規定很奇怪啊，為什麼要這樣做呢？」

康康眨了眨大眼睛，臉上很茫然：「哥哥，我也不知道為什麼。」

小嵐心裏咯噔一下，她意識到了什麼——長期吸毒病人，封鎖起來的村莊，不知生產什麼的工廠，這一切一切，太令人懷疑了。

曉星看着康康，還想問些什麼，小嵐說：「康康爸爸的病不能耽擱，我們趕快下山找阿西哥哥吧！」

小嵐又叮囑了康康幾句，然後說：「我們會儘快回來的。」

「謝謝姐姐！我會照顧好爸爸的，一步也不離開，等着你們把大夫請來。」康康用無比信任的眼光看着小嵐。

小嵐摸摸他瘦削的小臉，溫柔地笑了笑，轉身走出了屋子。

小嵐觀察了一下周圍環境，說：「這村子有古怪！」

「嗯！」曉晴和曉星都有同感。

小嵐說：「我們先去找阿西哥哥，請他趕快上山給康康爸爸治病，然後我們再悄悄在村子裏查探

一下，或者去康康說的工廠看看。」

　　曉晴問道：「康康爸爸的病很嚴重嗎？」

　　小嵐心裏很沉重：「是的。」

　　曉星問：「他得了什麼病？手腳都潰爛了，好可怕。」

　　小嵐說：「他的病是長期吸毒造成的。四肢的潰爛，是因為經常用針筒注射毒品。」

　　「啊！」曉晴兩姐弟異口同聲驚叫起來。

　　曉晴用手捂住胸脯，說：「太可怕了！原來吸毒會變成這樣子！」

　　曉星搖着頭歎氣：「真沒想到，可愛的康康竟然有一個沉迷毒品的爸爸。康康真可憐。」

　　小嵐說：「我們趕緊走。康康爸爸的病不能耽擱，不知道阿西哥哥能不能救他一命。」

　　曉星說：「好，我們就從剛才來的路出去。」

　　曉晴東張西望的，有點害怕：「說話小聲點。剛才見到村口有人，可能是守着不讓村民出去，也不讓外面的人進來。」

　　三個人輕手輕腳的，沿着剛才進來的路走回去。

「這邊走……」曉星頭前領路。

已經遠遠見到有洞口的那處圍牆了，但令他們吃驚的是，乾草遮擋着的洞口竟然露了出來。難道洞口被人發現了？

正在詫異時，洞口旁邊的樹後面突然鑽出一個男人，那人一臉兇相，身體又高又壯，站在那裏就像一堵牆似的，堵住了小嵐他們的去路。那人喊道：「喂，你們是什麼人？」

小嵐心裏暗叫不好，她馬上喊道：「快跑！」

三個人扭頭就跑。

「站住！」那男人吼了一聲，追了過來。

出去的路被堵，小嵐他們只好跑回村裏。他們身體靈活跑得快，後面那個高大但顯然笨重的傢伙跑了很長一段路，仍沒能追上他們。不過那人身子笨但腦子並不笨，竟高聲大叫：「快來人哪，有人進村了！」

不遠處馬上有幾個人大聲回應。

「在哪在哪？！」

「啊，我們一直守着村口呢，怎麼還會有人進來？」

「過去看看！」

聽到「嚓嚓嚓」的腳步聲從幾個方向而來，小嵐怕跟抓他們的人迎面碰上，見到路過一間房子的門是虛掩着的，便拉着曉晴和曉星跑了進去，又轉身把門關上。

聽到高壯男人「嚓嚓」的腳步聲由遠而近，還夾雜着罵罵咧咧的聲音：「怎麼像兔子似的，跑那麼快，一眨眼就不見了。」

聽到腳步聲經過門口，又往前去了，三個人這才稍稍鬆了一口氣。曉晴害怕地說：「咱們趕快走吧！」

小嵐點點頭，正想推門出去，但又聽到有腳步朝這邊跑過來，可能就是那些被喊來的同伙。她急忙扭頭朝曉晴曉星作了個噤聲的動作。

就是這一扭頭的剎那，小嵐突然呆住。原來他們身處的這間屋子裏放滿了一個個大鐵桶，桶上寫着「麻黃素」三個字。震驚之下，小嵐差點喊了起來，急忙用手捂住了嘴巴。

麻黃素，不正是製作冰毒的主要材料嗎？！那麼，不用懷疑了，康康說的工廠，正是生產冰毒的

地方。

　　曉星和曉晴發現了小嵐的異常，又見她驚訝地看着屋裏的東西。曉星便問：「小嵐姐姐，怎麼啦？這一桶桶的是什麼東西？」

　　小嵐神情凝重：「這些都是製造毒品的材料。」

　　「啊！」曉晴和曉星全都雙目圓睜。

　　「這裏肯定有製毒工場！我們快走吧，趕緊下山，向警方舉報！」小嵐推開門走出去，三個人拔腿就跑。沒想到，剛跑了一會兒，就碰到了追他們的人。

　　其中一個正是發現他們的那個高壯男人，他獰笑着，把手中棍子在另一隻手上一下一下地拍着，罵道：「死孩子，害我追了一路！看我不揍死你們。」

　　另一個臉上有條長長傷疤的瘦子，陰測測地笑了笑，問道：「你們是什麼人？是怎麼進來的？」

　　小嵐三人畢竟還是孩子，被這突然變故嚇了一大跳，全都愣住了。小嵐剛要說話，卻被曉星攔住了，他走前幾步，護在兩個姐姐身前，他覺得自己

是個男孩子，有危險時要站出來。他大聲説：「我們是……」

「我們是上山遊玩的，不小心迷了路，打算進村子問個路。」小嵐急忙打斷了曉星的話。

小嵐生怕曉星説出是康康帶他們來的，這樣會給康康家帶來災禍。

曉晴早嚇得臉色發白，扯住小嵐的胳膊在微微發抖。

傷疤臉重重地「哼」了一聲，説：「放了你們，想得美！誰叫你們不知好歹闖進來的。既然進來了，就別想出去。」

那幾人當中有一個大概五十多歲的男人，他看着一臉驚惶的三孩個子，有點不忍心，便走到傷疤臉身邊，説：「駱山先生，就看在我這個村長面上，放了他們吧！」

駱山可一點面子也不給，他瞪了那人一眼，説：「史村長，萬一他們知道了什麼，説了出去，那就麻煩了。先關起來再説！」

史村長還想説服他：「只是幾個孩子而已……」

駱山沒等他說完，就揮揮手，不讓他說話。然後他對高壯男人說：「大巨，把他們關到石屋去！」

小嵐很憤怒，說：「你們憑什麼把我們關起來？！」

曉星也嚷嚷道：「是呀是呀，非法拘禁是犯法的！」

曉晴也鼓起勇氣反抗：「是呀，文明社會，是講法律的！」

駱山「嘿嘿」怪笑着，說：「哈哈，竟然跟我講法律？我的話就是法律！」

小嵐哪肯束手就擒，她飛起一腳，正踢中駱山膝蓋，駱山慘叫一聲，彎腰按着膝蓋，嘴裏發出「嘶嘶」的叫痛聲。小嵐正想乘勝出擊，這時一隻大手伸來，將她胳膊抓得死死的。

抓她的人是大巨，他人長得高大，一隻手也大，像把鉗子似的拑制着小嵐，令小嵐無法掙脱。小嵐用腳去踢大巨，被他避過，只好氣呼呼地不再反抗。

駱山這時已站了起來，他臉色鐵青，一瘸一瘸

地朝小嵐走去。小嵐雙手被大巨扭到身後，面對氣勢洶洶地朝她走來的駱山，毫不畏懼，怒目以對。

曉晴和曉星卻嚇壞了，生怕駱山傷害了小嵐。想衝去保護小嵐，但又被人抓住。曉星一邊掙扎一邊大喊：「喂，你給我站住！你知道她是誰嗎？她是公主！」

曉晴也顧不得害怕，大聲制止：「你哪怕傷害了她一根頭髮，我們都不會放過你！」

駱山嘿嘿冷笑着：「騙誰呢！她是公主？那我說我是國王呢！」

駱山走到小嵐面前，揚起手，就想搧小嵐耳光，這時，有人擋在小嵐面前，正是史村長。他聲音不大，但語氣很堅定：「駱山，不許你傷害這些孩子。」

駱山兇神惡煞地去推史村長：「你滾開！你再礙手礙腳的，我連你也打了！」

史村長說：「來啊，你打我呀！只是以後，你們休想再讓我配合做事。」

「你你你你你……」駱山咬着牙齒，用手指着史村長，你了半天，卻說不出一句話來。

本來，他們就是使陰謀，又哄又騙，讓村民們答應去製毒工場工作的。山裏人老實，輕易相信了他們。但這史村長明顯是個有見識的人，以史村長在村裏的名望，如果真的率領村民跟他們對抗，那即使他們用武力鎮壓，也會很麻煩。如果因此影響毒品生產，老闆還不知道會怎樣大發雷霆呢！

駱山想到這裏，不得不悻悻地放下手，他用鼻子重重地哼了一聲，不知是警告史村長還是警告小嵐：「這帳以後再算！」

也許是怕小嵐他們再反抗，一招手，又走出來兩個人。駱山氣哼哼地說：「大巨，你和他們倆押這三個小崽子去石屋。」

他又在大巨耳邊小聲說：「小心點，別讓他們跑了。明天把他們送去棉林國賣了，能賣不少錢呢！」

第十三章

會雕小白兔的人

小嵐三人被關進了一間孤零零矗立在林間的小石屋裏，當小石屋的鐵門被「嘭」的一聲關上後，曉星就大叫大嚷起來：「救命，救命啊！」

鐵門被外面的人「嘭嘭嘭」撞了幾下，接着響起大巨粗魯的聲音：「省點力氣吧。這村子裏都是我們的人，沒有人來救你的。」

曉星揝着拳頭，狠狠地捶了一下石牆，喊道：「氣死我了！」

曉晴臉色蒼白，可憐兮兮地看着小嵐，說：「小嵐，怎麼辦？」

小嵐皺着眉頭：「咱們都先冷靜下來，好好想想，辦法會有的。」

屋子裏面只有一張木牀，幾張桌椅。三個人圍着桌子坐了下來。

小嵐說：「我們得想辦法逃出去，要趕緊把這

村子的秘密告訴有關部門，這裏有極大可能是毒品製造點。另外，康康爸爸的病不能再耽擱了。」

　　三個人打量着石屋裏的情況，看看有沒有逃出去的可能。這是一間大約四百呎左右的屋子，四壁牆是用大石砌成的，又厚又結實，要想挖個洞逃出去，根本不可能。大門是用厚厚的鐵板做的，想弄穿鐵門的話，除非有電鑽。全屋只有一個開在牆壁上方的正方形窗口，那個窗口很小，還裝了密密的鐵枝，一隻大點的老鼠都難以進出。

　　「如果能聯絡上阿西哥哥就好了。」曉星拿出手機，説，「我試試看，是不是真的沒訊號。」

　　但他馬上失望了，手機上方由低到高的訊號標示，全是黯淡的，一點訊號也沒有。

　　曉晴歎了口氣説：「要是這裏能打電話，那些壞傢伙早就收走我們的手機了。

　　曉星氣呼呼地把手機扔回背囊裏。三人坐在那裏大眼瞪小眼，一時想不出主意。小嵐不想坐以待斃，她把一張椅子移到小窗口下面，然後站了上去，踮起腳尖勉強能看到外面。小窗口的鐵枝上蒙了一層綠色的紗，但仍能清楚看到外面的情形，可

惜窗外有棵大樹，茂盛的樹葉擋住了一些視線，可以從縫隙裏看到那個叫駱山的傢伙，正和大巨站在那裏指手劃腳地說着什麼。沒看到村長和那兩個年輕人，不知道是走了還是被樹葉遮住了。

忽然聽到有腳步聲由遠而近走過來，一把低沉的男聲說：「駱山，有人闖進來了嗎？怎麼搞的？那麼多人守着村口，也能讓外人進了村。」

駱山說：「是三個學生闖進來了。那邊圍牆有個洞，他們應該是從洞口鑽進來的。他們說是上山遊玩迷了路，進來問路的。」

大巨說：「萬先生，我們已經把他們關起來，他們插翼都難飛了。」

那個被稱作萬先生的男低音說：「小心點，很快就要送貨了，這段時間絕不能出問題。」

「是，萬先生。」大巨用恭敬的口氣說。

「放心好了，我們知道怎麼做的。」駱山的口氣帶着不悅，看樣子他對這個萬先生很不服氣。

看來這些傢伙的內部也不是很團結。

駱山說：「大巨，我們回去守村口吧。」

大巨回答：「好。」

駱山也不跟那萬先生説話，就拉着大巨走了。

　　之前小嵐只是聽到萬先生聲音，駱山走後，那萬先生轉身朝不遠處一條山澗小溪走去，這讓小嵐見到了他的背影。這人身材很高，大約有一米八幾，從他有力的步伐，還有他挺得筆直的脊梁，可以斷定他還很年輕。

　　那萬先生走到小溪邊，靠着一棵大樹坐了下來。這時，小嵐看到了他的側面，線條很硬朗，鼻子高挺，長得挺帥的。

　　小嵐哼了哼，內心醜惡，長得帥有什麼用。小嵐正想收回視線，突然見到那人從衣袋裏掏出一把小刀，然後又掏出一塊木頭，埋下頭，使勁地用小刀在木頭上削呀刻呀。

　　小嵐一怔，她想起了些什麼，目光又牢牢地黏在他握刀的手上，還有那塊木頭上。

　　只見萬先生用小刀在木頭上靈活地雕刻着，那塊木頭很快就變了樣，一隻小雞的雛形漸漸形成，接着是細部——眼睛、嘴巴、羽毛……

　　木雕小雞跟小嵐腦海中某個情景結合起來，小嵐突然小聲唱起歌來：「嘰嘰嘰，嘰嘰嘰，我是一

隻小小雞⋯⋯」

聽到隱約傳來的歌聲，正低頭專心雕刻的萬先生停止了手中的動作，臉上露出訝異的神情。

「⋯⋯嘰嘰嘰，我會捉小蟲子，我愛吃大白米。嘰嘰嘰，嘰嘰嘰，我最喜歡唱歌玩遊戲⋯⋯」

「啪」的一聲，萬先生手裏的木雕掉落地上，他「嗖」地轉過頭，朝小嵐這邊望過來。他出生藝術家庭，爸爸是雕塑家，媽媽是音樂家。他雖然沒有選擇繼承父母職業，但業餘時間仍將雕刻和作曲作為愛好。這首「小雞嘰嘰嘰」是他給女兒寫的。

他臉上的神情在不斷變換，思念、驚訝、疑惑、警惕⋯⋯

他站了起來，銳利的目光把周圍掃了一遍，便徑自向着小窗口走去。但走到接近小窗口時，他又往左一拐，越走越遠。當小嵐心中失望，以為他已經離開時，又見到他從右面拐了回來。顯然是他圍着石屋走了一圈，觀察周圍環境。

他繞回小窗下，背靠着牆壁，雙手交叉挽在胸前，表現出一副悠閒樣子，卻急促地小聲問：「你們究竟是什麼人？」

小嵐回答：「我們是學生，從烏莎努爾過來的。」

萬先生又問：「剛才你唱的歌，是誰教你的？」

小嵐幾乎可以肯定這人身分了，她答道：「不久前我去香港一個六歲小女孩家裏作客，聽她唱過。」

萬先生心裏撲撲亂跳，聲音顫抖地問道：「小女孩叫什麼名字？」

「童童。」

小嵐輕輕説出的兩個字，聽在萬先生耳裏卻有如驚雷滾滾，震動心弦。童童，正是他女兒的名字！

這就是説，這被關起來的幾名學生，是認識他女兒的。也就是説，有可能讓這幾名學生幫忙，給外面送去緊急的情報。萬先生心裏激動極了。

但是，這麼重要的情報，在沒核實和了解對方身分之前，是不能草率地交託的。萬先生又問道：「請問你的名字？」

小嵐説：「馬小嵐。」

「馬小嵐？！」萬先生眼睛頓時瞠目結舌。

他認識一位馬小嵐，但是，屋子裏關着的是他所知道的那位馬小嵐嗎？或者只是同名同姓而已。

他抬頭向窗口看去，但卻無法看清裏面情況。

「你是香港人嗎？」他試探着問。

「我是香港人。但目前在烏莎努爾讀書。」小嵐回答。

萬先生心跳變得急促，他認識的那位馬小嵐，正是在烏莎努爾居住的港產公主！

儘管心裏激動，但他還是盡量用平靜的聲音試探着：「我曾經隨同行政長官到機場給一位女孩子送行。當時，長官送了一份禮物給女孩。」

雖然偵察過石屋附近沒有人，但他說話還是很謹慎。

小嵐聲音又驚又喜：「那份禮物是一個模型，一隻有着紅帆的古老漁船。長官對女孩說，希望她離開後，還記得香港，記得香港的百年變遷……」

小嵐說到這裏，突然想起了什麼，眼睛一亮：「啊，你是行政長官的隨員！」

「你是小嵐公主！」萬先生也激動地說。

兩年前，小嵐在賓羅大臣陪同下，以公主身分回烏莎努爾。離開香港那天，行政長官羅建中先生特地到機場送行，隨行人員裏有政府官員，還有一些要員保護組成員。

　　一名行政長官的隨行人員出現在這裏，和疑匪混在一起，這是為什麼？只能有一個原因——他是警方卧底！

　　到了此刻，雙方都可以確定對方身分了。萬先生抓緊時間，對小嵐說：「小嵐同學，相信你也意識到這村子的情況了。情況緊急，因為販毒組織提前行動，我有個緊急消息要送出去，但我不能離開這裏，因為會打草驚蛇。所以，我希望你幫忙。」

　　小嵐說：「好，我一定能做到。可是，我現在也走不了呀！」

　　萬先生說：「我會想辦法救你們的。」

　　小嵐點點頭，說：「謝謝。你也要保護好自己，童童等着你回去。」

　　萬先生眼眶一熱，說：「謝謝，我先走了。」

　　萬先生走了兩步，又回頭說：「如果我回不去，請代告訴童童，好好吃飯，好好長大，爸爸永

遠愛她。」

　　說完，他離開了石屋。

　　小嵐看着他背影，眼睛濕潤了。

　　她耳邊又響起了萬先生的話——

　　我的行動代號是「獵狼一號」。我名叫陳競之，香港特區警務處要員保護組警司。因精通多國語言，半年前被國際禁毒聯盟借調，打入販毒集團內部，取得了國際大毒梟津武的信任。津武近日接獲一個販毒組織的一份超大訂單，因為期限緊迫，短期內要各製毒點生產大量冰毒，津武便派出得力手下分別往各製毒工場監製，務求在規定期間生產出所需毒品，運往指定倉庫。陳競之就是在這情況下被津武派往重泰村製毒工場的。

　　陳競之知道，只要在他們交接毒品的時候，一舉擒獲，就能同時給兩大販毒集團最致命的打擊。

　　但是，津武為人多疑，他手下心腹又十分狡詐，陳競之的卧底身分隱藏不易。之前用以跟警方聯絡的微型通訊器，也因一次突發事件，為了不暴露身分而被迫毀掉。

　　幸好遇見了小嵐……

第十四章
阿西上山救人

當小嵐三人被困石屋的時候，阿西正心急如焚地尋找着他們。

被牛車撞到的傷者經診斷沒有內傷。阿西用了大半小時處理完外傷後，又給開了消炎去瘀的藥，然後就讓病人回家休息了。

病人離開後，阿西就急忙出門。但是他在小鎮裏轉了幾圈都沒找到小嵐他們，估計他們很可能上了山，便急忙上山找人。他是個細心的人，憑着山上一些剛被採摘過的草藥根莖，猜測是小嵐幾個人所為，於是一邊觀察一邊走。經過小嵐他們走過的幾條村時，他向村民打聽，證實自己沒找錯方向，便沿着小嵐他們走過的路，一直找去，直到見到了重泰村。

難道小嵐他們進村了？阿西禁不住皺起了眉頭。

重泰村是一條有着八十多戶人家的村子，村裏的人就像附近許多村莊的村民一樣，勤勞純樸，靠雙手創造幸福生活。他們種果樹、養豬養鴨，然後把收穫的水果以及養成的家禽家畜拿到小鎮售賣，換取生活費，日子過得寧靜而歡樂。

幾年前這條村爆發疫症，阿西曾冒着危險進去給村民治病，救下許多人。最近半年，重泰村出現了一些不尋常的現象，再沒有村民到小鎮售賣產品，而村子路口也設了崗哨，裏面不見有人出來，而外面的人也不許進去。村裏傳出話來，說是傳染病一直未徹底杜絕，為免傳染開去，不許進出。小鎮的治安部門曾派人去探查，也被人轟了出來，說重泰村不屬他們管理。

小鎮的人都猜測，重泰村裏肯定發生了一些見不得人的事，所以才這樣封閉起來。

阿西不由得擔心起來，小嵐幾個還是孩子，又不知情況，貿然闖了進去，不知會不會有危險。想到這裏，他拔腿就朝村子入口跑去。

村口有五六個人守着，遠遠就有人大聲喝道：「站住！什麼人？」

阿西沒有停止腳步，他答道：「我是山下小鎮的大夫，來找人的。」

有人認出他是之前來村裏救過人的大夫，問道：「你是阿西大夫？」

「是！」阿西氣呼喘喘地走到村口。

「阿西大夫。」一名村民朝他走過來，客氣地打招呼。

村民們還記得村裏發生傳染病時，阿西大夫治好了不少人，所以村民都很感激他。

阿西朝那村民點點頭，說：「我有三個小朋友，外地來的，一大早時他們上山來玩，但一直沒見他們回去。我在附近村子打聽了一下，有人說看見他們往重泰村這邊來了。」

「是兩女一男三個孩子嗎？」村民問。

「對對對，正是他們！他們真的在你們這裏？」阿西一聽大喜。

「他們……他們……」村民為難地撓撓頭，不知道說什麼好。

他沒想到那關起來的三個孩子，是阿西大夫的朋友，自己剛才還跟着駱山去抓他們呢！總不能告

訴阿西大夫，他的朋友被關起來了吧！他很想幫阿西大夫的忙，但現在村子裏的事情是由那個叫駱山的人說了算的，自己想幫也幫不了。

阿西見到那村民支支吾吾的，急了，該不是出了什麼事吧！他拔腿就想往村裏走。這時另外幾個人走了過來，把他攔住了。

其中一個正是駱山，他沒想到會有人上山來找那三個孩子，他瞟了阿西一眼，說：「阿西大夫是吧，你不能進去。」

阿西說：「不能進去？好吧，我不進去，你替我把朋友叫出來。」

駱山說：「他們暫時不能離開。他們擅自闖進村子裏，我們把他們暫時留下了，要等村民回家後清點家裏物品，看有沒有少了什麼，再讓他們走。」

阿西十分惱火：「他們三個都是好孩子，怎麼會偷你們東西！再說，哪一條法律允許你們無憑無據就把人扣起來的。」

駱山陰沉着臉，說：「你們的法律管不到重泰村，重泰村規定不許外人進來，進來了就是違反村

規，就要扣下。」

阿西把駱山上下打量了一下，説：「我看你並不是重泰村的人吧，你有什麼資格代表重泰村村民説話。把史村長找來，我跟他説。」

駱山兇相畢露，對身邊幾個人説：「把他趕走！」

他身邊幾個人都牛高馬大的，衝過去就推推搡搡地把阿西往外推，書生氣十足的阿西哪是他們對手，情急之下只得孤注一擲，大聲喊着：「村長，村長，村長快來！」

幸運的是，史村長還真的聽到了。

阿西剛剛來到村口時，史村長正坐在附近一棵大樹下生悶氣。未能阻止駱山拘禁那個三個孩子，令他很不開心。

他們祖祖輩輩生活在重泰村，好好的一個民風純樸的山村，自從駱山一幫人到來，建了一家工廠之後，一切就都變了。

果園全荒廢了，家禽家畜也不養了，因為駱山他們把全部有工作能力的村民，都招收到工廠裏了。工廠給出的酬勞，比村民們平時賣果子賣雞鴨

所掙的錢多了，所以不少村民都願意去。有不想去的，也讓駱山帶來的那些人軟硬兼施拉進去了。

大家錢是賺多了，但卻少了自由。駱山他們說工廠生產的是新研究出來的高科技藥物，要保密，所以把村子封鎖起來，不讓村民出去，也不讓外面的人進來，連日常用品和食物，都是由駱山的人運來售賣。他們還說是為了保密起見，讓工人都集中起來住在西村，半個月才能回東邊村子一次，跟家裏人見面。

史村長不願去工廠做工，不過駱山不敢勉強他，因為他在村子裏有一定的威信，駱山不想破壞跟他的關係。駱山便讓村長加入他們的所謂保安隊，負責守村口，以及在村裏巡邏。其實也是為了便於監視村長，因為保安隊裏九成都是駱山帶來的人。

儘管駱山那幫人說他們是藥物研究所的，但史村長總覺得這班人行為古怪。他至今不知那工廠生產的究竟是什麼東西，他去看過，那東西樣子很像碎碎的冰糖。

史村長正在煩惱地想着心事，想着重泰村的境

況，想着怎樣解救那三個孩子，這時聽到有人大喊「村長」，他頓時以跟年齡不符的敏捷站了起來，向着村口跑去。

見到幾名大漢推搡着一個清瘦的年輕人，他馬上認出那是小鎮大夫阿西，急得大喊：「住手！」

阿西一見史村長，馬上喊道：「村長，幫我！」

史村長氣急敗壞地跑過去，拚命推開那幾個男人，說：「你們幹什麼！這是我們村的恩人，不許你們傷害他！」

駱山皺皺眉頭，對那幾個男人說：「放開他。」

史村長護在阿西身前，怒氣衝衝地對駱山喊：「你們瘋了，剛剛才關了幾個孩子，現在連阿西大夫也要關起來嗎？！」

駱山說：「我們沒想關他，他硬要進村，我們只是讓他滾蛋而已。」

阿西急忙說：「村長，我是來找那三個孩子的，他們是我的朋友。」

「啊，原來那三個孩子是你朋友！」史村長吃

了一驚，馬上扭頭對駱山威脅說，「我看你還是趕快放了那幾個孩子。阿西大夫醫德很好，遠近很多人都受過他的恩惠，如果他找人幫忙的話，很多人會願意幫忙，到時大隊人馬來要人，我怕你們這些人都不是對手。」

駱山聽了，真的有點怕了。雖然這裏是「三不管」地帶，政府管不着，但如果是當地人聯合起來找他們麻煩，他們這點人還真應付不了。

不過，還有更好的做法呀！駱山看了看阿西，眼裏閃過一道寒光，把他殺掉，不更乾脆利落嗎？想到這裏，他冷笑一聲，朝其中一名大漢使了個眼色，又小聲對他說：「把他拖到後山，找個隱蔽處，把他殺掉埋了！」

「是！」大漢應了一聲，朝另兩名大漢做了個手勢，三人便兇神惡煞地要把阿西拖走。

史村長大怒，上前去掰開大漢抓住阿西的手：「放手、放手，你們想幹什麼？」

一名大漢拉開史村長，另兩名大漢扯着阿西繼續朝後山方向走。

「你們拉他去哪裏？你們想幹什麼？」史村長

慌了。

阿西也大喊：「放開我，放開我！」

「什麼事？」突然有人大聲喝問。

在場的人一看，原來是陳競之。

駱山眼睛瞇了瞇，心裏很不高興。這裏本來是他說了算的，他說一別人不敢說二。但偏偏老闆早些天又派了這姓萬的來，還說這段時間要以這人為主。他感到自己地位受到威脅，心裏總堵着一股氣。

不過駱山並不敢得罪面前這人，不管怎樣，他都是老闆派來的人。

「萬先生，這事情有點棘手。」駱山把阿西拉到一邊，把阿西的身分，還有他來尋人的事說了，又做出一副為難樣子，「他接不到人不肯走，那史村長又替他說話。萬一這人回小鎮搬救兵，硬闖進村來救人，那村子裏的秘密就很可能被人發覺。所以，這個人必須趕快解決掉。」

陳競之聽完，馬上搖頭說：「不行不行！你如果把人殺了，事情就更一發不可收拾。正如你剛才說的，這阿西是個有名望的小鎮大夫，還是鎮上唯

一的大夫。你想想，這唯一的大夫如果突然失蹤，那肯定會很快就引起當地人注意，會去報警。而他上山尋人時，曾一路向別的村子村民打聽那三個孩子蹤影，這就是說，很多人都知道他往重泰村來了，就肯定會猜到他是在這裏出事。即使是「三不管」地帶，但如果是一個影響很大的人失蹤，那警方也不得不介入，也許還不止一個國家的警方。這麼多人來查案，我們正在做的事就肯定會暴露了。」

駱山雖然不服陳競之，但也不得不認同他的話。他沉吟一會，問道：「那你覺得怎麼辦才好呢？」

陳競之說：「嚇唬他們一下，然後放了吧！那幾個孩子本來就是誤闖進來的，他們即使見到我們的產品，也不知道是什麼，何況他們並沒看見。這個阿西，連村子都沒進，他更是什麼都不知道。交貨日期接近，不容有失，這件事一定要處理好。」

駱山叉着腰，踱來踱去，臉上神色不斷變換，一會兒停下腳步，看了那邊還在掙扎叫嚷的阿西，惱火地說：「好吧，那就放了他們。」

第十五章

小嵐送出的情報

　　阿西看到三個小朋友來到村口，而且看上去並沒有受到什麼傷害，激動得眼睛也紅了，他二話不說，拉起曉星的手，說：「你們快跟我走！」

　　說完，就快步沿着山路往下走，越走越快，就像後面有老虎追趕一樣。他的神經一直繃得緊緊的，一路上沒說一句話，一直回到小鎮，回到診所，打開門走進去，他才大大地鬆了口氣，整個人才鬆懈下來。

　　看着三個又餓又累、一身狼狽的孩子，他又不忍心責備他們。剛才在山上，他真的害怕極了，不是怕自己有危險，只擔心這三個孩子。他們還那麼小，如果有什麼三長兩短，怎對得起好朋友萬卡。

　　小嵐和曉晴曉星感激阿西冒着危險去救他們，三人一齊給阿西鞠了個躬，小嵐說：「對不起，阿西哥哥。我們……」

「有話等會再說。」看見他們蓬頭垢面髒兮兮的，阿西揮揮手說，「你們先去洗洗臉，換件衣服，我馬上給你們做點吃的。」

阿西進了廚房，小嵐讓曉晴和曉星先去清洗，而她自己就上了二樓，關上房門，拿出電話撳了一串陳競之告訴她的號碼——這是黎警司的一個保密電話。

「喂，黎姐姐你好！我是馬小嵐。獵狼一號讓我告訴你以下情況……」

遠在香港的黎警司頓時心跳加快，獵狼一號，那是自己丈夫的身分代號啊！小嵐是怎麼認識他的？他為什麼會委託小嵐代傳送消息？

小嵐盡量簡短地跟黎警司講了自己進入重泰村，意外地遇到陳競之的經過，然後轉述了陳競之交託的情報：「……被稱為『老闆』的大毒梟津武，命令各製毒工場在本月十一日上午把貨送到，送貨地點當天才通知……」

「謝謝小嵐。你送來的情報非常重要，我會立即向國際禁毒聯盟滙報。」黎警司聲音平靜，但小嵐還是從裏面聽出一絲顫抖。

「黎姐姐，不用謝。這是我應該做的。」她想了想，又有點擔心，説：「黎姐姐，陳警司沒有通訊工具，那接下來怎樣向外傳遞消息呢？」

黎警司説：「他車子裏有定位追蹤器，送貨那天他肯定會開車去，那就可以知道他的所在位置了。」

「啊，那就好！」小嵐放心了。

這時，黎警司問道：「他……還好嗎？」

小嵐知道，這個「他」是指陳警司，便回答説：「我只是隔着窗戶跟陳警司聊了一陣子，應該還好。我們仁能被放出來，主要還是靠陳警司的幫助，真要謝謝他呢！」

「保護市民，這是警務人員份內事，他只是做了該做的事。」黎警司聲音帶上了驕傲，她接着説，「我們的人應該這兩天就會到金沙鎮，到時可能還要向你了解一些情況。」

小嵐很高興，説：「好，等你們來哦！」

小嵐打完電話就回卧室洗臉換衣服，回到客廳時，見到阿西已經煮好了麵條，每人盛了一大碗，上面還放了午餐肉、煎蛋，熱騰騰地放在桌上。小

嵐幾個人也不客氣，說了謝謝就坐到桌子前，大口大口吃了起來。已是下午三點多了，他們連午飯還沒吃呢！

小嵐和曉晴吃了一碗就飽了，那盛麵的可是一個大大的湯碗呢！但曉星卻又再添了半碗，結果吃完以後就躺在沙發揉肚子，嘴裏嚷嚷快撐死了，惹得兩姐姐直朝他翻白眼。

阿西笑着泡了杯消食的山楂茶，曉星喝下才好了點。

小嵐和曉晴幫着洗好了餐具，四個人圍着坐下，這時阿西才說起重泰村的事：「……也幸虧有史村長，還有後來出現的那位先生幫忙。也不知道那位先生是怎樣說服了那些人，把我們放了的。現在你們沒事，我也放心了。」

三人都再一次感謝阿西哥哥，他們讓阿西哥哥費心了。

阿西又問：「說說你們怎麼跑到重泰村去的，那些人為什麼要抓你們？」

小嵐一五一十，把遇到康康、康康求助、他們離開村子時被抓，以及他們對村子裏設有製毒工場

的猜測，統統告訴了阿西。她沒有說陳競之的事，這有關一個臥底的安全，能少一個人知道就少一分危險。

阿西聽得呆了，眼睛瞪得大大的。早就聽聞銀三角有大毒梟隱藏，如果小嵐猜測正確的話，那班兇神惡煞的人，十成就是哄騙村民參與製毒的毒販。他不禁出了一身冷汗。

「這事我得管！」作為一名大夫，他很知道毒品對社會的危害，他不能坐視不理。

小嵐怕他到處找人幫忙打草驚蛇，想了想，還是跟他透露實情：「阿西哥哥，你別着急。已有相關部門跟進這事，我們不用插手。」

阿西一聽才放了心。

小嵐反而又擔心起另一件事：康康爸爸病情嚴重，不知能不能熬到警方介入那一天。

聽了小嵐講述康康爸爸的病情，阿西說：「根據你說的症狀，康康爸爸基本可以肯定是一名長期吸毒者。我有中藥方子是針對這類病人的，可以試試給他服用，看能不能救他。另外，可以視乎他病情，配合穴位針灸。但是，重泰村不讓進出，我也

沒辦法給他治。」

曉星懊惱地説：「本來有個洞可以悄悄進村的，可惜被發現了。」

曉晴很擔心：「真糟糕！如果他有什麼三長兩短，康康怎麼辦啊！」

小嵐想到康康此刻一定正望穿秋水，盼着自己帶大夫來給他爸爸治病，心裏頓時覺得一揪一揪地痛，她歎了口氣，説：「希望他能撐過這幾天吧！」

雖然那人是個吸毒者，不是一個好爸爸，但畢竟是一條生命，是康康的骨肉至親。康康的媽媽已經不在了，如果再失去爸爸，那該多慘啊！

第十六章
櫻花民宿

第二天，阿西準備繼續陪三個小朋友去玩的，但他今天事情實在太多——昨天被撞傷的病人要他上門覆診，另外還有好些昨天沒能看上病的病人打電話來預約今天求診，因此小嵐堅決地謝絕了阿西的好意，不想因為他們而造成病人不便，執意讓阿西今天開診。

阿西拗不過小嵐，便只好同意了。但他很細心地替三個小朋友物色了鎮子裏幾個值得去的地方，又再三叮囑他們注意安全。

中午，小嵐和曉晴曉星正在金沙鎮裏參觀一個有百多年歷史的多民族村落，突然接到黎警司的電話，說她隨同國際禁毒聯盟行動指揮部，一行五人，已到達附近機場，正準備換乘車輛，出發前往金沙鎮，大約一個小時內會到達。她是代表香港警方，配合國際禁毒聯盟參與這次勛山緝毒行動的。

「啊，太好了！」小嵐很開心他們能這麼快趕來。

　　黎警司在電話那頭繼續說：「為免打草驚蛇，我們將以遊客身分到達金沙鎮。我們的落腳點是鎮上一家叫櫻花的民宿。民宿的老闆是我們的人，你可以去那裏等我們到來。」

　　小嵐說：「好的，那我們一會兒見！」

　　黎警司說：「一會兒見！」

　　小嵐收線後就隨即帶着曉晴曉星離開了民族村，前往櫻花民宿。

　　民宿的老闆名叫普良，是一個二十八歲的年輕人，人長得高高大大，說話聲音粗粗的，但做起事來卻十分細心。他從黎警司那裏知道小嵐三人要來，便早早在櫻花民宿所在的街口等候。

　　櫻花民宿所在的那條街全都是一家家民宿，各家的風格都不盡相同，老闆各出奇謀，招徠顧客。櫻花民宿在街道的盡頭，而且跟隔壁那家民宿，相隔有十多米，位置十分隱蔽。

　　走進櫻花民宿，是一個露天的小院子，小院子雖然不大。但也幽靜雅致，靠圍牆處種了一叢竹

樹，還有個不大的假山，另一邊是停車位，可以停泊五六輛車。

走進客房，很是乾淨整潔，房間內布置也不俗氣，桌椅都是用竹子編的，桌上的茶壺茶杯都古色古香。曉星見了直嚷嚷，說回去一定跟同學和朋友們宣傳，以後如果來這裏旅行，就到普大哥的民宿住。普良笑着道了謝。

見到民宿裏一切都是新的，曉星好奇地問道：「你們這民宿是新裝修過的嗎？」

普良說：「是的。裝修完還沒重新營業呢！剛好這次聯盟要用，我就乾脆等任務完成後，才重新招徠客人。」

客房裏有一名二十出頭的大姐姐在打掃，大姐姐見了生人有點羞澀，低着頭看着自己腳尖。普良介紹說：「她是阿香，是我妹妹。」

「嗨，阿香姐姐你好！」小嵐三個人齊聲向阿香打招呼。

曉星說：「普大哥，你們兩兄妹一起參與禁毒，了不起。」

「這是我們應該做的。其實我和妹妹也是毒品

的受害者。十年前我們家是小鎮上數一數二的有錢人家，鎮上那間星級酒店便是我們家產業。後來，爸爸染上了毒癮，無心經營，幾年間便嚴重虧損，只好把酒店賣掉了。後來家裏情況越來越糟，父親毒癮也越來越嚴重，不到五十歲就去世了。」普良說到這裏，聲音已有點哽咽，「我爸爸曾經是多麼健壯的人啊，鎮上的人說他力氣大得一拳可以打死一頭牛。但他去世時，瘦得皮包骨頭，體重只有二十公斤……」

「嗚……」一旁的阿香哭了出來。

小嵐三人十分震驚，沒想到這兩兄妹有這樣的遭遇。

普良咬牙切齒地說：「毒販子害得多少人家破人亡，這筆債終有一天要他們雙倍償還的！希望國際聯盟這次出手，能把他們一網打盡。」

這時，聽到一陣汽車駛入的聲音，大家一看，一輛小巴緩緩駛了過來，有人從打開的車窗探出頭來，正是黎向明！

黎向明朝他們揮了揮手，又朝普良打了個手勢，指指大門，意思是他們要把車子直接駛進去。

普良會意。打開大門讓車子進入。車子緩緩進入後，普良就馬上關上了大門。

車子穩穩地停在泊車位，小巴的門嘩啦地拉開，黎向明首先走了下來，朝小嵐他們張開雙臂。

「黎姐姐！」一段時間不見，小嵐他們幾個人都挺想念黎姐姐的，馬上朝她撲了過去，大家親切擁抱。

車上的人陸續走了下來，大家都笑看着那四個歡笑雀躍的傢伙。黎向明首先把小嵐三人介紹給其中一名五十來歲的高大男人：「王Sir，這就是我跟您提過的那三個小朋友，這是小嵐，這是曉晴，這是曉星。」

又向小嵐他們說：「這是國際禁毒聯盟行動組的負責人，你們可以叫他王Sir。」

「王Sir您好！」小嵐幾個一齊說。

「小朋友好！」王Sir笑瞇瞇地跟他們逐個握手。

黎向明又把另外三個人介紹給了小嵐他們，其中兩位是是國際禁毒聯盟的技偵人員。還有一位……噢，這位不用介紹了，小嵐他們都認識，他

就是在香港見過的，黎向明的下屬楊奇。

介紹完畢，王Sir讓普良先把各人帶到房間，安頓好行李。

普良對阿香說：「你帶小嵐他們去明天開會的地方看看。」

阿香「嗯」了一聲，隨即把小嵐三個人帶到了二樓一個房間。這個房間看樣子平時是用作辦公室的，有辦公桌，有電腦，靠牆有幾個大文件櫃。待客區裏有沙發、茶几等。

不同於普通辦公室的是，長沙發的對面牆上有一塊垂下來的屏幕。

曉星十分興奮，他說：「哇，這就是傳說中的行動指揮中心吧！哈哈，我們也是指揮部的一員呢，我們真厲害！」

哪有人說自己厲害的！毫無意外，曉星立刻收穫了兩個姐姐的白眼。

小嵐和曉晴其實也很興奮，她們也是第一次參與這樣的大行動呢！不過人家兩小姑娘很謙虛啊，身為指揮部人員不可以這樣傲驕的，要低調，低調！

這時普良和楊奇進來了，楊奇手裏提着一部手提電腦。跟三人組打過招呼，兩人便坐到會議桌前，楊奇打開了電腦。

很快，電腦裏的影像投射到牆上屏幕，出現了一些如綫路圖般的九曲十三彎的圖像，綫路中有個靜止的光點。

「這是什麼圖像？那光點是什麼？」曉晴問道。

曉星説：「姐姐真笨，這叫定位光點，就是被追蹤對象的所在位置。」

他又問楊奇：「楊奇哥哥，這定位光點追蹤的是什麼人？」

楊奇説：「是我們打進毒犯內部的卧底。」

「陳警司！」小嵐和曉晴曉星同時喊了起來。

楊奇看了看這三個機靈的小傢伙，説：「沒錯，陳警司帶有定位追蹤器，當他跟其他毒犯一起，把毒品從重泰村送到毒品倉庫時，我們就可以根據追蹤器，追蹤毒品倉庫所在地。」

曉星眼睛發亮：「哇，好緊張啊！明天，我們就可以親眼見證那歷史性的一刻了。」

小嵐和曉晴互相看了看，也十分激動。這時，小嵐發現黎警司進來了，她兩眼盯着屏幕上的光點，眉尖微蹙，眼裏隱隱露出一絲憂慮。

　　小嵐想，最緊張的應是黎姐姐吧！自己的先生處在一班窮兇極惡的毒犯之中，處境凶險，身分一旦暴露，後果不堪設想。

　　小嵐記得在報紙上看過一篇新聞報道，有一位墨西哥緝毒警，在報行任務時被毒犯抓住，毒犯用了各種慘無人道的酷刑，把他凌虐了四十五個小時，讓這位緝毒警員死前受盡痛苦。

　　有一年清明節，小嵐跟隨學校去烈士墓園掃墓，只見其中一排陵墓的墓碑上，竟然是沒有名字的，石碑上只是刻了「烈士之墓」四個字。墓園工作人員解說，那裏面長眠的，都是一些因公殉職的緝毒英雄。墓碑不寫名字，是提防毒犯去找他們的家人報復。當時工作人員還講了其中一位烈士的事跡。

　　記得當時很多學生都哭了。

　　小嵐心裏感慨萬分，作為一名緝毒負責人，作為一名緝毒臥底的家人，黎姐姐心裏的壓力該有多

大啊!

小嵐走了過去,拉着黎向明一隻手,小聲説:「黎姐姐,陳警司很厲害的,我相信他一定會平安歸來的。」

黎向明看着面前這善解人意的女孩,心裏一暖,笑着點了點頭,説:「我也相信。謝謝你!」

她摸摸小嵐的頭,又説:「王Sir通知各人,明天早上七點,指揮部就在這間辦公室指揮緝毒行動。王Sir希望你們三人不要離開櫻花民宿,在這裏住一晚。」

小嵐點點頭,她明白王Sir意思。為了保密起見,是應該這樣做的。

小嵐馬上打了個電話給阿西大夫:「阿西哥哥,我們遇到了幾個香港來的朋友,他們住在櫻花民宿,我們想留下來跟他們住一晚。」

阿西大夫不放心他們三個孩子在外面住,就説:「這樣啊,那我也去櫻花民宿住一晚吧!」

小嵐趕緊説:「不用不用。我們不是小孩子了,阿西哥哥你不用擔心。這裏很安全的,老闆也很好,我們不會有事的。」

電話那頭的阿西大夫無可奈何答應了，叮囑他們要注意安全，不要到處亂跑，特別不要帶朋友上山。

　　「知道了！」小嵐說。

第十七章
抓捕進行中

十一號早上，小嵐三個人早早就起牀了，連喜歡賴牀的曉晴在聽到鬧鐘響時，也毫不猶豫地起身穿衣。

吃了普良昨天給準備好的袋裝麵包和牛奶，三人就急急忙忙去了二樓那間辦公室。楊奇和普良已經在那裏，兩人都有點疲倦的樣子，一人拿着一罐咖啡在喝着，桌子上還擺着七八個空罐子。原來他們倆昨晚都只睡了兩三個小時，因為提防毒梟改變計劃，半夜就開始集結毒品，所以兩人輪流坐在那裏盯着定位追蹤顯示。

曉星說：「還有咖啡嗎？我也要喝。」

普良朝角落裏的儲物櫃努努嘴，說：「有啊。我買了很多，就是為了應付熬夜的。」

曉星蹬蹬蹬走去拿了一罐，仰頭「咕咕咕」喝了一大口，曉晴撇了他一眼，說：「饞貓，羞羞

羞！」

　　曉星説：「才不是呢！我是怕萬一今晚要值夜，我來陪兩位哥哥，所以要先喝些咖啡提神。」

　　曉晴撇撇嘴：「嗤，鬼話連篇！等到了晚上，你現在喝的咖啡都變成肥料了。」

　　兩姐弟正在鬥嘴，王Sir和黎警司等人來了。大家互道早晨後，就都面向大屏幕坐了下來。

　　「沒什麼特殊情況吧？」王Sir問。

　　「報告長官，沒特殊情況。目標仍在重泰村。」

　　曉星突然指着屏幕喊了起來：「哎哎哎，動了動了！」

　　大家一看，果然，那個定位光點慢慢移動了。

　　王Sir説：「獵狼一號上車了，應是已經出發。」

　　他隨即戴上通訊器，向已埋伏在幾處主要山路的各支隊伍發出命令：「各大隊注意了，獵狼一號已出發，獵狼一號已出發，請各分隊嚴陣以待，隨時準備出動。」

　　「是！」揚聲器中傳來多把鏗鏘有力的回答。

勛山橫穿三個國家，總面積達到四十多萬平方公里。所以，如果沒有內應，要找到毒梟的毒品倉庫，簡直比大海撈針還要困難。可想而知，陳警司肩負的責任是多麼重大。

　　屋子裏的人全都盯着屏幕，看着上面的定位光點在移動。

　　大約一個小時後，光點到了一處分岔路口，又向着右面的一條山路繼續前行。

　　王Sir對着通訊器說道：「目標向着洛寧峯方向移動，第三大隊做好準備！」

　　「是！」傳來第三大隊隊長的聲音。

　　「其他大隊……」王Sir繼續向埋伏在其他路段的隊伍下命令。

　　屋子裏所有人都緊張地盯着屏幕，小嵐的心在怦怦跳着，她希望一切順利，毒犯全部落網，制止了龐大的毒品流入市場，杜絕了更多人受害。

　　還有，希望陳警司勝利完成任務回到童童身邊，希望康康爸爸能儘快接受治療……

　　又過了半小時，定位光點停了下來，不再動了。技術偵查人員迅速確定了目標所在方位。

王Sir命令：「第三大隊，我命令，你們馬上前往以下地點，抓捕毒犯……」

王Sir報了位置。第三大隊隊長回答：「是，我們馬上出發！」

王Sir繼續發出一個又一個命令，有的隊伍前往毒品倉庫配合抓捕，有的隊伍就在洛寧峯附近山路堵截漏網的毒犯。

辦公室裏，曉星捏着兩個拳頭，牙齒使勁地咬

着嘴唇。曉晴就死命抓着小嵐的胳膊，小嵐也緊張，緊張得感覺不到被曉晴抓痛了的胳膊。

其他阿Sir沒他們那麼緊張，只是滿臉的嚴肅。

屋裏安靜極了，大家都屏息靜氣的，在等着那邊的訊息。時間在一分一秒地過去，牆上大掛鐘「嘀嘀嗒嗒」的聲響，就像錘子一樣一下一下地敲擊着所有人的心。

不知時間過了多久，也許是二十分鐘，也許是半小時，也許是……但屋裏的人都像經歷了一個世紀那麼漫長。

突然，播放器發出聲音，那是第三大隊隊長的聲音：「報告！我們已經發現了毒品倉庫，正在組成包圍圈。」

王Sir說：「你們先不要驚動毒犯，埋伏好，等其他隊伍到來，再一齊行動。」

「明白！」

過了一會兒，再響起第三大隊隊長急促的聲音：「報告，我們被發現了，毒犯試圖衝出包圍圈，他們有槍。」

王Sir下令：「馬上行動！注意自身安全，不放

走任何一個毒犯！」

「是！」

播放器裏響着第三大隊長的喘息聲，以及他周圍的一些模模糊糊的聲音。

「攔住他！」突然聽到第三大隊長一聲大喝。

又聽到一陣刺耳的汽車發動聲。

「報告指揮部！毒犯有一輛吉普車衝破包圍圈，逃走了，車裏有兩個人。我們有一輛車追去了，請其他大隊配合阻截！」第三大隊隊長喊道。

「往哪個方向？」王Sir急忙問。

「西南方向！車牌是彩虹色的，車牌號碼前兩個字是泰文，後面數目字是4234。」

「好，我會命令在西南方向的隊伍攔截，你們負責好倉庫那邊，務必一網打盡。」王Sir說完，便呼叫埋伏在西南方向那條路的隊伍，讓他們攔截逃跑的吉普車。

王Sir又問第三大隊長：「看到車裏的是什麼人嗎？」

「我們拍到影像，但很模糊，技術人員正在作技術處理。噢，弄好了，車裏有兩個人，其中一個

是大毒梟津武，另一個⋯⋯我不認識。」

王Sir：「馬上把清晰影像發過來。」

「好！」

很快，一張照片出現在屏幕上。

「啊！」屋裏頓時一陣驚呼。

因為，屋子裏的人都認識照片上這個人，他就是陳競之！

他為什麼會在車裏？為什麼要跟大毒梟一起逃跑？究竟發生了什麼事？

第十八章

誰是內應

　　究竟發生了什麼事？我們讓時間回到幾小時之前。

　　清晨六點剛過，駱山就帶着他那幫人，逐家逐戶拍門，把還在睡夢中的村民都叫起來，讓他們趕快去工廠那邊集合。

　　村民們在工廠飯堂吃過簡單的早飯，就開始把一箱箱沉重的貨物扛上貨車。一個五十來歲的村民看上去力氣不夠，走到半路時，跌倒在地，用封條封着的紙箱掉到地上，「嘭」的一聲，箱子破損了，露出裏面一包包用塑料袋裝着的東西。

　　「該死！」駱山罵了一聲，扭頭叫手下趕緊去拿膠紙帶，把紙箱重新封好。

　　駱山又跑到那村民身邊，狠狠踢了他一腳，罵道：「老傢伙，想死呀！」

　　他還想踢第二腳，沒提防被人推了一把，差點

跌倒。他剛要破口大罵，一看是萬先生，惱火地說：「幹嘛推我！」

陳競之皺着眉看他，説：「把人打壞了，誰給老闆幹活。」

「你！」駱山滿肚子火發不出來，只好狠狠扔下一句，「不用你教訓！」

陳競之沒理他，走到村民身邊，伸手把他拉了起來。

村民感激地説：「謝謝！」

駱山狠狠盯着陳競之，咬牙切齒地説：「哼，走着瞧。有機會整死你！」

七點左右，陳競之拿着的對講機響了，一把男聲響起：「老闆通知，貨物送往洛寧峯，具體位置是⋯⋯」

「收到，明白。」陳競之答應着，又記住了對方説的具體方位。

他鬆了口氣，一直擔心津武臨時改時間或取消交易呢！他知道同事們一定已經嚴陣以待。

「出發！車隊跟在我後面。」他喊了一聲，然後鑽進了自己的座駕。

一長串車子跟在後面，駱山和他的人也開着各種車輛，夾雜在車隊裏。

　　車隊一路開到洛寧峯，在一座大倉庫前停了下來。也許是聽到了汽車聲，倉庫裏面走出幾個人，站在門口看着慢慢駛近的車隊。

　　陳競之停下車，剛想拉開車門，想了想又把手伸到座位下面，摸到黏在那裏的鈕扣大小的定位器，取了下來，小心地放進了錢包裏。

　　下了車，陳競之走向站在門口的一個長得高高瘦瘦、鷹鈎鼻、眼睛有點深陷的中年男人，説：「老闆，貨送來了。」

　　這人正是國際大毒梟津武。

　　「好。」津武面無表情地朝陳競之點點頭。

　　這時駱山也下了車，小跑着來到津武跟前，臉上帶着討好的笑容，點頭哈腰地向大毒梟領功：「老闆，貨都帶來了。工場那裏我看得很緊，所以這批貨的質量都非常好。」

　　津武叫駱山打開箱子，拆開一袋冰毒丸，拿出一顆用舌頭舔了舔，點點頭，説：「唔，不錯。」

　　駱山滿臉堆笑，説：「老闆交給的任務，我不

敢大意，我可是沒日沒夜地盯着的。」

　　他就是要把功勞全攬到自己身上，要讓老闆覺得他的功勞大大的，陳競之的功勞小小的。

　　毒品買家一小時後才來拿貨，津武吩咐手下先把貨搬進倉庫，然後朝陳競之和駱山招了招手：「進來吧！」

　　一進去是個院子，院子裏停着幾輛車。再往裏走是一個偌大的倉庫，裏面擺着一桶桶、一箱箱的東西，差不多把整個空間都放滿了，想是之前已有其他製毒工場送來了大量毒品。駱山兩眼放光芒：「哇，老闆，這回可以掙很多很多錢啊！」

　　津武臉上第一次露出笑容，他踢了駱山一腳，罵道：「臭小子，到時少不了你那份。」

　　「謝謝老闆，謝謝老闆！」駱山諂笑着來了個九十度鞠躬。

　　陳競之站在一旁，冷眼看着駱山表演。

　　津武看了他一眼說：「也少不了你那份。」

　　陳競之笑着說：「謝謝老闆！」

　　車上的貨全部搬進倉庫裏了，整個倉庫放得滿滿的。所有人都跑了進來，和駱山一樣，用貪婪的

目光看着倉庫裏的東西，心裏盤算着賣出去後自己能得到老闆多少賞錢。

陳競之看上去只覺得觸目驚心，這樣大量的毒品如果流出去，不知會害了多少人，毀了多少個家庭。

「不好了，外面有埋伏！」津武的一個手下慌慌張張地跑了進來。他剛才出去想找個隱蔽地方方便，沒想到，走進一處長得高高的草叢時，發現有人埋伏。

津武猛地轉頭看向那個手下，十分震怒：「你說什麼？」

那個手下剛要說話，就聽見外面傳來喊聲：「裏面的人聽着，你們被包圍了。所有人舉起手，一個跟一個出來，頑抗者格殺勿論。」

津武臉色鐵青，喝道：「是誰？是誰把警察引來的？」

這次毒品買賣，因為數量龐大，他比以往任何一次交易都要小心。參與的人全是他信得過的心腹，送貨地點是今天才通知各個製毒工場，臨時倉庫又建在人跡罕至的洛寧峯。警方如果沒有內應，

不會這麼快就找到這裏來的。

　　津武用兇狠的眼神，挨個去盯在場的人，所有人都知道津武心狠手辣，所以個個低下頭，不敢與他對視。

　　突然有人說：「老闆，我知道是誰！」

　　津武一看是駱山，便問：「誰？快說！」

　　駱山用手一指陳競之，說：「他，就是他！他就是內鬼！」

　　「是你？」津武眼神凌厲地看了陳競之一眼。他心裏對駱山的話已經認可了幾分。在場的人中，除了陳競之之外，其他人都是死心塌地地跟隨了他十多年，只有陳競之，是近半年才加入的。

　　他之所以讓陳競之參與這宗大買賣，一是因為陳競之精明能幹，二是因為今天的買家是墨西哥人，墨西哥使用西班牙語，而他的手下裏只有陳競之精通這種語言。

　　陳競之冷冷地看着駱山：「你有什麼證據？！別像條瘋狗一樣亂咬人。」

　　其實駱山根本沒有證據證實陳競之是內鬼，他只是看陳競之不順眼，想借這個機會除掉他，泄私

憤而已。只是在這緊急關頭，津武已來不及證實陳競之是否真的內鬼，他這人向來是「寧殺錯，莫放過」，而且陳競之和駱山相比，他更願意相信駱山。當下津武命人：「把他手腳都綑起來，扔到那部防撞車裏。」

「是！」津武的兩名貼身保標，兩個足足比常人高出一個頭的高壯男人，以迅猛的速度衝過去扭住陳競之，把他往院子裏拽去。

陳競之無法反抗，倉庫裏的人全是窮兇極惡的毒犯，他一人之力根本無法抗衡。此刻，他只是有點遺憾未能親眼見證最後的勝利，不過他也深信這班人落網是必然的了。

那兩人把他扯上副駕駛，把他兩隻手扭向後面，緊緊綁在椅背上，又把他雙腳用繩子綁在一起，然後往他嘴裏塞了一塊破布，不讓他出聲。

陳競之一直十分平靜。作為一名紀律部隊成員，他的責任就是撲滅罪行、保護民眾，從加入警隊的第一日起，他就做好了用生命去維護社會安寧的準備。

津武打開了車子的另一扇門，又轉頭對他的副

手説：「跟我保持聯絡。盡量拖住警察，必要時把貨燒掉。」

津武掏出一個打火機，扔給副手，然後上了車，坐在駕駛位裏。他對坐在副駕駛的陳競之説：「是你倒霉了，我沒時間查你是不是真的內鬼。如果是真的，你可以讓警察有所顧忌不敢對車子下死手。如果是假的，那就替我擋擋子彈吧！」

陳競之説不出話，只是用鼻子「哼」了一聲。

津武把陳競之打量一下，想從他的神態裏判斷他是不是內應，但沒看出什麼來。他使勁一踩油門，開足馬力朝院子大門衝去。

院子那兩扇木門「砰」的一下被撞開了，車子像一頭猛獸般衝了出去，朝着山路飛速駛去。山路上圍堵的警察幸好及時躲過，否則必死無疑。

第三大隊隊長急忙命人追趕，又向指揮部滙報突發情況。

櫻花民宿指揮部。

知道陳競之被大毒梟津武脅持逃走，指揮部裏氣氛十分緊張，黎向明已是跌坐在沙發裏發愣。那個被脅持的人是她的丈夫，她孩子的爸，不管她意

志怎麼堅強，都禁不住心亂如麻。

王Sir之前調遣別的大隊支援洛寧峯時，讓埋伏在西南方向的第四大隊留在原地，因為那裏是毒犯最可能逃走的路線。此刻，他安慰黎向明說：「別擔心。西南方向路段有第四大隊在，我已通知他們攔截。」

「謝謝！」黎向明點點頭，努力按捺下焦慮的心情。

第十九章

謝謝你，國王陛下

津武駕着車子往西南方向疾駛，只要再行幾十公里，他就安全了，那裏有接應他的人。

津武長期進行犯罪活動，知道自己終有一日難逃法網，所以他很小心，每次出動進行毒品交易都留了後手，盡量做到萬無一失。

這時，他全神貫注地開着車，也不怕陳競之反抗，因為陳競之被綁得只有腦袋能轉動。除非陳競之是超人，否則就難以對他造成威脅。

津武身上的通訊器響了一下，接着聽到副手的聲音：「老闆，頂不住了，我們有槍也擋不住那些警察！」

津武罵道：「一班廢物！那還不去放火，把貨全燒了！」

副手說：「老闆，你的打火機根本打不着，我試過好多次了……啊，不好了，警察衝進來了！」

副手説完，就沒聲了。

　　「喂！喂！」津武氣急敗壞地喊了好一會兒，但那邊副手始終沒再説話。

　　津武氣急敗壞舉起通訊器，正想往下砸，但突然聽到通訊器傳出聲音：「津武，你的手下已經全部被抓了，你逃不掉的，山上還有很多我們的人。馬上停車投降吧，向警方自首，這樣你的罪過也能減輕一點。」

　　「哼，你們攔不住我的。我很快就要逃出生天了⋯⋯」津武歇斯底里地喊着。

　　「別做夢了，我們已經布下天羅地網⋯⋯」

　　「別想着攔我的車！我在車中裝了炸彈。這種炸彈使用了慣性觸發裝置，三次碰撞後就會引爆。之前啟動時因慣性作用碰撞了一次，撞大門時又再碰撞了一次，一共已經碰撞兩次了。如果你們設置路障，我剎停時又得再碰撞一次，那就是第三次了。那時候，坐在我身邊你們的人，就會被炸得粉身碎骨，為我陪葬。哈哈哈哈⋯⋯」津武哈哈大笑着，把通訊器往方向盤上使勁一砸，啪的一聲，通訊器碎成了七八塊。

陳競之在一旁聽得清清楚楚，他知道自己很可能逃不過津武的魔爪了，警方為了他的安全，一定不敢攔截，那就意味着津武要把他帶走。到時，津武是不會放過自己的。他心裏有點憂傷，永別了，我親愛的女兒。永別了，我親愛的妻子……

　　但又想到這次行動的成功，會讓大毒梟津武在人力財力上都損失慘重，同時也大大震攝了國際上那些大大小小的毒犯，他臉上又不由得露出了欣慰的笑容。

　　津武感覺到了什麼，他扭頭看了看陳競之臉上的笑容，説：「內鬼就是你吧？」

　　陳競之沒理他。津武怒道：「果然是你！」

　　正在這時，突然聽到頭頂「砰」的一聲巨響，好像是什麼掉到了車頂上，陳競之和津武同時探頭看向車頂，上面竟然趴着一個人！

　　如果小嵐他們在的話，一定會發出驚呼，因為那人，正是烏莎努爾國王——萬卡。

　　萬卡整個身體橫在車頂，半邊身子往下彎向右邊駕駛座，他揮拳砸向車玻璃，車窗碎裂。

　　正開着車的津武伸出右拳，衝萬卡臉上打去，

萬卡身體往上一翻躲過，然後轉了個姿勢，兩手扒住車頂架，身體懸在半空，又一個引體向上，雙腳伸進車裏，踢向津武。駕駛座空間狹窄，津武避無可避，被踢中腦袋。

砰！津武人一歪，伏在方向盤上昏倒了。萬卡一手拉開車門，翻身進了車裏。一手扶着方向盤，扭正方向，又扯起津武，在狹窄空間裏一下一下地把他挪向車邊，然後使勁把他推出車外。「砰」一聲巨響，津武掉落山路上。

陳競之並不認識萬卡，但從萬卡跳到車頂開始，他就明白這人是來救自己的。他被綑得結結實實的幫不上忙，所以只能一直用眼神給他加油。看着他懸在半空，砸車窗，踢昏津武，把津武扔出車外，不禁心中讚歎，這人身手之靈活，堪比出色的飛虎隊隊員。

萬卡扔了津武，坐在駕駛位上，一隻手扶着方向盤，另一隻手伸去取下陳競之嘴裏的破布，說：「我是第四大隊的隊長，指揮部把情況都告訴我了，他們審問了在洛寧峯上被抓的毒犯，證實津武說這部車裏有炸彈，以及再碰撞一次就會爆炸，情

況是真的。車子現在行駛在一段長長的下坡路，而且前面路面環境越來越複雜難行，車子隨時要剎停，情況十分危險。所以，我們現在必須馬上離開車子。」

萬卡說話的同時，拉開上衣口袋拉鏈拿出一把小刀，去割綑着陳競之雙手的繩子。他又要顧着前面路況，又要割繩子，車子行駛狀況險象百出。

幸好，鋒利的小刀很快割斷了綁着陳競之雙手的繩子，陳競之急忙接過小刀，自己去割綁着雙腳的繩子。

這時，全神貫注看着前面路況的萬卡喊了一聲：「快點，前面有一棵大樹倒臥在路中間，要趕快跳車！」

陳競之急了，雙腳繞了太多繩子，一時沒能割斷，他抬頭看了一眼越來越近的障礙物，喊道：「別管我，你快跳車！」

萬卡說：「不行！我不控制着車速，車子就會更快撞上障礙物！」

陳競之這時大喊：「解開了，我要跳車了！」

他邊喊邊打開了車門，跳了出去。

萬卡隨即打開右邊車門，一躍跳出車子。

失去控制的吉普車，順着斜坡飛快地向下滑落，撞到那棵橫在路中間的大樹上，隨即，響起一陣驚天動地的爆炸聲。

萬卡身手敏捷，跳車後除了左腳稍扭了一下，就什麼事都沒有。他轉過身，見到陳競之躺在十幾米遠的地方，一動不動。他嚇了一跳，趕緊跑了過去。

見到陳競之睜着眼睛看着他微笑，他才鬆了口氣。但見到陳競之躺着起不來，而且地上還有鮮血，心又揪了起來。

忽然，他發現了什麼，眼睛頓時睜大了，原來陳競之雙腳還是綑着的！一個人從高速前進的車上跳下來，而雙腳是綁着的，這就令到許多自我保護措施根本無法施展。萬卡表情複雜地看着陳競之，很明顯，陳競之是不想連累萬卡，所以繩子沒解開就跳車了。

「覺得哪裏痛？」萬卡趕緊問道。

「我估計腿斷了。還有，後背很痛。」陳競之回答。

萬卡本身學過醫，他迅速地檢查了一下，不禁皺起了眉頭。由於落地姿勢不對，陳競之大腿骨斷了。另外，很可能脊椎也傷到了。

　　腿骨斷了，問題不大，接上了再休養一段時間就能痊癒。但脊椎受傷，嚴重起來會終身癱瘓。

　　萬卡不敢挪動陳競之。銳形的骨折，可能會刺穿血管和神經，導致大出血，這時如果把傷者搬動，很大可能會加重損傷和造成骨骼錯位。他手上沒有相應的醫療器材，所以只能等候救護車來到才處理。

　　萬卡身上的通訊器在跳車時掉了，幸好從洛寧峯上一路追過來的車子到了，見狀立刻通知指揮部派救護車過來。

　　指揮部收到訊息，馬上命令停在山腳的救護車前往救援。而指揮部的人，也都坐上車子，往出事地點駛去。

　　到達目的地後，黎向明第一個跳下車，見到幾名救護員用擔架抬着陳競之正要上車，見到一行人到來，救護員便停了下來。

　　黎向明跑了過去，知道丈夫受傷，但具體情況

又不清楚，她一路上心急如焚。此刻跪在擔架前，受驚的眼神死死盯着陳競之的臉，急切地問道：「你、你還好嗎？」

陳競之臉色蒼白，他渾身都在痛，但臉上仍帶着溫和的笑容：「你放心。現在醫學發達，我會沒事的。對了，我給你介紹一個新朋友，這次行動的第四大隊隊長，是他不顧自己安危救了我。」

他眼睛看向旁邊的萬卡。黎向明抬眼望去，只見一道熟悉的身影映入眼簾，她大吃一驚：「啊，是你！」這時聽到小嵐的喊聲：「萬卡哥哥，你怎麼在這裏？！」

「是這樣的。國際禁毒聯盟請我國派人援助，圍捕毒犯。知道你們也在其中幫忙，所以我乾脆就帶隊來了。」萬卡又對救護員說，「先上車吧！」

救護員把陳競之送上車，萬卡、黎向明、小嵐，還有曉晴曉星都上了救護車。萬卡剛坐好，救護員就走到他身旁，給他處理傷口。

萬卡之前救人的時候，在飛速行駛的車上跳上跳下，全是危險動作，所以手腳多個地方擦傷、撞傷，身上很多瘀青，手和腳好些地方還滲着血。剛

才他堅持讓救護員先處理陳警司的傷，趕快送醫院，自己堅持到現在才接受治理。

　　大家看着萬卡身上的傷，自己都覺得痛，小嵐看着眼淚都快流出來了。但當事人萬卡卻若無其事的樣子，任由救護員在他傷處消毒、包紮，眉頭也不皺一下。

　　一路上，萬卡把救人經過說了：「……我們埋伏的地方離大毒梟逃跑的路線很近，接到指揮部通知後，我們馬上趕去該路段埋伏。大毒梟逃跑經過時，我剛好爬到路旁一棵樹上觀察情況，車子經過樹下時，我便跳到了車頂上……」

　　聽着萬卡講述經過，車裏的人全都一身冷汗。太危險了，幸虧兩人都安全。萬卡說：「陳警司傷勢這樣嚴重，是因為他沒解開綁着雙腳的繩子就跳車。這樣子從高速行駛的車上跳下來，是極之危險的，因為完全控制不了自己身體，萬一頭部着地，那就連命都會沒了。陳警司是怕連累了我才這樣做的，陳警司是英雄。」

　　黎警司搖搖頭，說：「你才是真英勇，萬卡國王。謝謝你冒着生命危險救了陳競之……」

「啊，萬卡國王？！」陳競之大吃一驚。

他只知道萬卡是第四大隊的隊長，沒想到他竟然是國王。一國之主，竟會不顧自身安危，捨命救他！

他不知說什麼好，最後只是輕輕說了一句：「謝謝你，國王陛下。」

萬卡微笑着說：「不用謝。」

第二十章
願天下無毒

兩個月之後。

小嵐和曉晴曉星應黎警司的邀約，回香港參加由毒品調查科組織的一次活動，參觀位於離島的石虎洲康復院。這家康復院已有五十多年歷史，是全香港最大的戒毒治療中心，專為不同年齡的男性自願戒毒者提供治療和康復的服務。

這次參觀活動的人，多數是香港「禁毒領袖學院」的成員。剛去到集合的中環九號碼頭，就見到彩旗飄揚，參加活動的人員，不管是學生領袖，還是警務人員，全都穿着統一服裝——印有「禁毒領袖學院」字樣的風衣。

為鼓勵香港青少們協助朋輩克服成長過程中所遇到的困難，抵抗各種誘惑，在社會各界支持下，香港警務處毒品調查科於二零二一年成立「禁毒領袖學院」，並每年在全港挑選一百名中學及大學生

成為學員。來自不同專業領域的顧問提供系統化的訓練，並透過小組導師帶領學員設計及執行抗毒活動，激發學員的社會責任感，把學員培養成為優秀的青年禁毒領袖。

正在跟同事說話的黎警司看見了他們，笑着朝他們招手。走近時，一羣哥哥姐姐、叔叔阿姨都朝他們微笑點頭。黎警司一一介紹，原來全是黎警司的同事。

當小嵐他們見到其中一名坐在輪椅上的人時，激動得大喊起來：「陳警司！」

這段時間他們常常聯絡黎姐姐，詢問陳警司的傷勢情況。知道他脊椎受傷，幸好不算太嚴重，經過治療已經可以坐着了。右大腿腿骨斷了，已做了接駁手術，情況良好。每次聽到陳警司情況轉好的消息，都讓他們開心不已。

陳競之一臉燦爛笑容，聽着他們吱吱喳喳的問候。

「陳警司，見到你真開心！你的腿什麼時候能走路？」小嵐問。

曉星說：「我們很掛念你呢！」

曉晴說：「是呀是呀，我們還打算今天活動結束後，就去看你。」

「謝謝！」陳競之說，「現在每天做康復訓練，醫生說，再過一個月左右，就能正常走路了。」

「太好了！」三個孩子歡呼雀躍。

「萬卡國王好嗎？」陳競之問小嵐。

小嵐說：「好啊，謝謝！他就是有點忙。他還讓我問候你呢！」

陳競之笑道：「謝謝。有時間請他來我們家作客。童童說了好多遍，說很想見見救她爸爸的大英雄呢！不過，我知道萬卡國王很忙，還是等我好了以後，一家人去烏莎努爾拜訪他吧！」

「好啊，歡迎歡迎！到時我們三個給你們當嚮導，帶你們遊遍整個首都。」小嵐說。

曉星興奮地說：「我帶你們去吃好吃的，玩好玩的。」

曉晴就說：「我帶你們去逛商場，瘋狂購物。」

「哈哈哈，先謝謝了！」陳競之開心地大笑

着。

聊着聊着，不知不覺石虎洲已經在望了。他們乘坐的是水警輪，速度很快。

沒想到，這家康復院環境非常優美，碼頭上的建築古色古香的，恍如古代亭台樓閣。其中一個亭子裏還屹立着一個比真人還高的林則徐塑像。林則徐，那是中國近代史上著名的禁毒英雄呢！一八三九年六月三日那天，林則徐親自到虎門海灘，主持銷毀害人的毒品鴉片二百三十八萬公斤，向世界展示了中國人禁毒的意志和決心。

在戒毒中心豎立禁煙英雄塑像，很有教育意義呀！

水警輪停泊在石虎洲小碼頭，碼頭上站着十幾名身穿康復院制服的人。黎警司告訴小嵐他們，那些都是康復院的工作人員，這些人中多數是曾經的吸毒者，在這裏戒毒成功後主動留下來做義工的。

一百多人的參觀隊伍在工作人員的帶領下，浩浩蕩蕩上了小島，走了二十多分鐘的山路，進入了一個大禮堂。他們會在那裏傾聽戒毒者的心路歷程，以及他們走向新生的誓言。

在禮堂門口，小嵐突然聽到有人喊她的名字：「小嵐！」

一看，竟然是劉美竹！劉美竹跑過來，拉着小嵐和曉晴的手又叫又跳，説是做夢也沒想到會在這裏見到他們。

劉美竹小臉紅撲撲的，笑容十分燦爛，人比上次見到的時候胖了，也精神了，一看就知道她心情很好。

小嵐笑着説：「我們是跟禁毒領袖學院一起來參觀的。你呢？你怎麼也來了？」

劉美竹説：「我已經戒毒成功，回去上學了。我最近參加了一個支持戒毒的義工組織，今天到這裏，是把社會捐贈的物資送來。」

「那真是太好了，恭喜你呀！」小嵐和曉晴曉星都很為劉美竹戒毒成功而高興。

劉美竹眼裏含着淚水，説：「我要謝謝你們。如果不是你們幫我，我早就從酒店大廈天台跳下去摔死了。」

這時，劉美竹又發現了黎警司，她走過去，也向黎警司真誠道謝。

因為各人有各人要做的事，小嵐跟劉美竹道了別，約好晚上再聚。

進了禮堂，工作人員把他們帶到前面兩排座位，這些座位是留給主辦機構人員及嘉賓的。在嘉賓席裏，小嵐他們又遇到了熟人——康康和他爸爸，這真是意外驚喜啊！

而更令小嵐他們訝異的是，康康爸爸竟然穿着一身警察制服。要不是他跟康康坐在一起，小嵐他們還真認不出他是之前見過的那個骨瘦如柴的垂危病人呢！

康康「蹬蹬蹬」跑了過來，他拉着哥哥姐姐們的手，笑得露出了小虎牙。康康爸爸也走了過來，朝他們敬了一個警隊禮，說：「我是康成，謝謝你們幫了我和康康。阿西大夫的醫術很高明，治好了我的病，還幫我戒了毒。我這次是應邀來香港作報告的。」

黎警司跟康成打了招呼，又對小嵐他們說：「康先生是金沙鎮的一名警員，他無意中發現了津武的製毒工場，正在搜集資料準備向上級滙報時，被駱山的人察覺了。駱山把他抓起來，用殘忍的手

段給他注射大量毒品……」

「啊！」小嵐三人聽了驚叫起來。

這些毒販子，真是太惡毒了！還以為康康爸爸是個長期吸毒者，原來是被毒犯害成這樣的！

康康聽着聽着，情不自禁地張開小手摟着爸爸，眼裏含着淚水，生怕他再次失去。康康之前一直不知道高大健壯的父親為什麼變得皮黃骨瘦，不知道為什麼那些面貌兇惡的「叔叔」每天來給爸爸打針、爸爸的病卻越來越嚴重。直到警察叔叔帶着阿西大夫來給爸爸治病，把爸爸從昏睡中救醒，爸爸才說出那些人注射的根本不是治病的藥水，而是致命的毒品。

康康每次想起，都全身發抖。

康成把兒子摟在懷裏，說：「康康別怕。沒事了，壞人已經受到懲罰，正義得到申張。」

康康抬頭看着爸爸，一臉的堅定：「康康不怕！康康長大了，也要學爸爸那樣抓壞人。」

「康康真厲害！」大家都表揚康康，康康高興地笑了起來。

看着康康和他爸爸，看着陳警司、黎姐姐等警

務人員，小嵐心裏很不平靜。沒有歲月靜好，只因有人替我們負重前行！

　　希望康康長大時世界已無毒品，已無壞人，所有人都在安定繁榮的社會幸福地生活着。

公主傳奇37

公主的秘密行動

作　　者：馬翠蘿、麥曉帆
繪　　畫：滿丫丫
責任編輯：胡頌茵
美術設計：李成宇
出　　版：新雅文化事業有限公司
　　　　　香港英皇道499號北角工業大廈18樓
　　　　　電話：（852）2138 7998
　　　　　傳真：（852）2597 4003
　　　　　網址：http://www.sunya.com.hk
　　　　　電郵：marketing@sunya.com.hk
發　　行：香港聯合書刊物流有限公司
　　　　　香港荃灣德士古道220-248號荃灣工業中心16樓
　　　　　電話：（852）2150 2100
　　　　　傳真：（852）2407 3062
　　　　　電郵：info@suplogistics.com.hk
印　　刷：中華商務彩色印刷有限公司
　　　　　香港新界大埔汀麗路36號
版　　次：二〇二三年七月初版

ISBN：978-962-08-8242-5
© 2023 Sun Ya Publications (HK) Ltd.
18/F, North Point Industrial Building, 499 King's Road, Hong Kong
Published in Hong Kong SAR, China
Printed in China